江一燕 著

在时光里流浪

湖南文艺出版社
HUNAN LITERATURE AND ART PUBLISHING HOUSE

博集天卷
CS-BOOKY

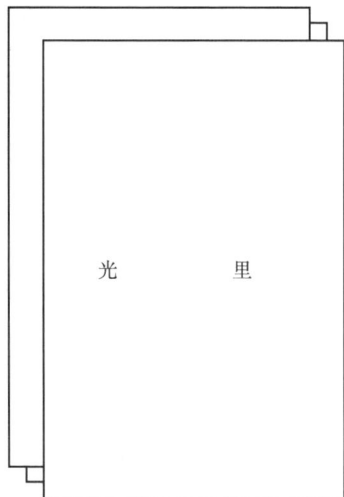

在　　时　　光　　里　　流　　浪

序
一

跟小江去远方

————

有一些人当你一认识她，你就会喜欢上她。

我和小江老师的相遇是录一档节目，我才认识她，就喜欢她。她总是话很少，总是静静地坐着，我觉得我们像是两个极端。

她就像是那种我从小都想要变成的女生。她有种静静的姿态，周围的一切仿佛都与她无关，她是如此不带攻击性地去做她自己。

她让我帮她写序，我反反复复，涂涂改改，想把我认识的她用更精准的文字表达。我看着她写下的那些文章，曾经有那么一刻，我仿佛也跟着她去了远方。

她的心，她的情感，她所向往的，都在这些美好的照片里。在她所触碰到的周围，有一种刚刚好的温度。在她眼里，世界是如此温柔，有那么多值得的，能去探索的，该去感受的，用她的眼睛看到的……我发现我的阐述是如此渺小……

小江老师在情人节的时候给我写了一封信，她说："乔恩，无论如何，你都会保护我吧。"像写给情人的信呢。哈哈哈。

我们贴近彼此的心，我一直拥抱着她，一直维持在那个温度的我和她，刚刚好。

其实她比我勇敢多了，其实她并不需要我保护。她的内心有一股强大的力量，那是我看见的坚定和平静，亦是我触及不到的。我其实很羡慕她，但愿我也有这种勇敢追寻的底气。

试着从她的文字里面去感受这个世界的力量和温暖吧。若你能在这本书里面看到她，也许看得还不完整呢……

那就抱紧，接着看下去。

她像阳光，温柔似水，笑容像空气，我想那就是光合作用。

陈乔恩

序二

燕燕于飞

我认识江一燕时，她还不到 10 岁。

她在学舞蹈，老师叫章燕，章燕排了个少儿舞蹈《看社戏》。为了体验生活，章燕带着孩子们去乡下看社戏，我带摄影班也一起去。江一燕坐在台下，看得入神，回来还和同学们模仿社戏演员的动作。

《看社戏》首次演出是在一次中秋晚会上，观众以华侨为主，《看社戏》让他们动容，想起了童年。

但章老师病了，白血病。孩子们很难过，江一燕折了好多千纸鹤送到老师床前。还和我去乡下买荷叶，为章老师煎茶。

章老师要孩子们坚持下去，把《看社戏》跳得更好。《看社戏》在省里得了大奖，被选送进中南海演出。

章老师转到杭州治疗了，我带着孩子们去北京。江一燕和其他小演员每人随身带了一张章老师的照片进中南海，似乎章老师就在身边。

章老师曾对我和江一燕说过："等我病好了，我要去山里当个老师，我不怕苦。"在章老师最后的日子里，她枕边有一封希望工程办公室的来信，里面是她资助一位孩子的结对卡。

江一燕 14 岁那年，考入北京舞蹈学院附中，她代表新生的发言是回忆：《永远的燕子老师》。事隔十多年，江一燕在央视参加《朗读者》节目，她朗读了陈忠实《晶莹的泪珠》，献给章燕老师和山里的孩子。

2007 年，江一燕因拍片来到广西巴马，走进大山，她看到了真实的山村，物质贫穷，百姓纯朴，孩子可爱，学校破烂。一个残疾爷爷送她两只蜗牛，一个孩子奔跑两个小时来看她，她泪流满面，她敞开心扉，她融在其中，她决定在这儿支教。

江一燕支教，已有 12 年了，每年都去十天、半个月，用她的话说，就是"不忍辜负"。她克服了许多难以想象的困难，做成了许多事情：校舍扩大了，条件改善了，学生增加了。前两年，江一燕在众多朋友的帮助下，一口气捐建了两个幼儿园。2018 年我去巴马，江一燕还特地关照我去卡桥幼儿园，看看那里还有什么问题。

江一燕还把巴马的孩子带出去见世面，去北京、上海、内蒙古，还有她的家乡绍兴。

有一天半夜，江一燕来电，说是有一个孩子要辍学了，她和我商量如何留住这个孩子。我们商量了个把小时，形成了一个多方合力的方案，终于在政府的重视下留住了那位孩子。她完全把巴马的孩子当成了自己的骨肉。在她家里，也挂满了巴马孩子的画和手工艺品，她自豪地向来宾介绍、推荐。

江一燕参加了国际野生动物救援行动。我跟她去了非洲，她跟国际救援组织调研探讨，听到盗猎者的成果大部分流向中国时，她涨红了脸。当看到她领养的犀牛孤儿"妹妹"时，她亲热地把它搂在怀里，给它喂了满满的一壶牛奶。我在旁边吓得直冒汗，毕竟犀牛是非洲"五霸"之一，容易暴怒。

我们去看一个小学，到了校门口，江一燕急了。因为走得匆忙，忘了给孩子们带礼物，她再三向校长表示歉意。不到一个月，我在微信里看到，她委托送去的一百多套服装和书包已到孩子们的手中了，孩子们高兴地跳起了舞蹈。

我在看江一燕主演的电影《七十七天》时，看到了西藏的美，看到了江一燕的全身心投入，看到了她脸上真真切切的"高原红"，而且她竟然是零片酬的出演。她曾经讲过一件事，她在西藏看到有人在公路上捡虫子，捡起来放回草原，怕飞驰的车辆压死这些虫子。她觉得只有高尚的人才会这样做，她愿为这样的人做事。

我邀请江一燕参加绍兴城市形象片的演出，为了抢时间，她放弃已经安排的五星级酒店住宿，一下飞机就直奔深山里的拍摄地，晚上也住在那里。本来计划白天的拍摄下午3点钟结束，早点吃晚饭，乘晚上7点的飞机返京。但中午时，江一燕却提出来，下午3点到5点半光线更好，飞机改到晚上9点，晚饭就别吃了。摄制组喜出望外，本来就担心时间不够，没料到江一燕想到了，安排好了，结果一直拍到晚上快6点她才匆匆上车走。

我有一次去上海一个科研机构，闲谈中竟发现那里有许多人喜欢江一燕，喜欢她的为人，喜欢她的简单、真诚。确实，江一燕的粉丝里，除了年轻人，还有很多教师、设计师、工程师、医生等。

　　最近我们商量在巴马建一个支教基地，希望吸引各方面的人才来支教支农，和当地百姓一起，为巴马打造更好的未来。

　　让我写序，我也写不出什么大道理，只是脑中涌现出了一些有关她的事情。生动、清楚，便记了下来。

　　我还记得她曾经抄写过她的老乡鲁迅先生的一句话：

　　无穷的远方，无数的人们，都和我有关。

　　　　　　　　　　　　　　　哈苏摄影大师　董建成

序三

漫长岁月里的
温暖陪伴

除夕那天晚上，小珍给我打电话。半个多小时的聊天里，大部分时间小珍都在说小江老师。说她的好，说她的与众不同，说她给自己带来的影响……一个六年级的广西山区孩子，言语中满是喜欢与感激。

在严禁燃放烟花的除夕之夜，我仿似看到烟花绚烂地盛放。

是欣慰，是骄傲，是安放于心底的珍贵被纯粹地肯定。

从八年前的夏天，到这个迟迟不肯过去的冬天，我听过许多对她的赞赏。

因为演戏、唱歌，因为摄影、写作，因为公益，因为有态度的生活。

我们都曾在她的角色里感伤，在她的音乐里温暖，在她的照片里流浪。也从她的文字里得到抚慰，从她的行动里感受爱，从她的生活里看到自由。

这是我们心里，关于美好的定义。

为追随这美好，我走过一座座城市。在陌生的剧院、商场、书店、艺术馆，在拥挤人潮中，看她优雅闪耀，也看她疲惫沉默。

　　后来回想，靠近似乎太简单。她的心性中保持着赤诚。真心换来真心。真情被真情回应。她阅读我们的信，收藏我们的礼物。在匆匆遇见后，就叫出了我们的名字。几年前送的笔，现在还在她的书桌上。而我亦拥有她在旅途中搜集来的各类物件。

　　易逝时光里，这是真切的印迹。

　　比追随更动人的，是同行吧。

　　2016 年 9 月之后，我们开始更为频繁地讨论公益。关于山区、成长、教育，关于老人、儿童、特殊人群，关于环境、动物、地球……每当这个时候，她不再是那个不善言辞的姑娘。长久的经历与思考让她的表达更加充满责任与力量。

　　当我们在北京的夜幕下，看孩子们含泪告别；当我们在草原的帐篷前，看他们欢快奔跑；当我走进她心心念念的大山，看到那些改变。我才真正明白，所有发生的都是自然而真心的事情。

　　如同，"爬行者"从个人称谓，变成了爱的代名词。

　　感恩这漫长岁月里，你给予的陪伴和信念——爬行者小江。

爬行者公益团：乔安

自
序

曾带着三毛的《撒哈拉的故事》旅行世界，
曾想过在丛林深处的旅店隐世生活。
因为等待最美的画面欣喜不已，
也曾因为收到大山里的来信泪流满面。

在某部电影里找到自己的影子，
也会不喜欢曾经的某个角色。
手机备忘录里写了四行小诗。
背包骑行时的循环歌单……

生活的温柔，艺术的狂野，
它们在记忆里鲜活如新，
让我在这个纷繁陆离的时代里保持着一颗纯粹的初心。
在寻找完美和不完美的旅途之中，几经挣扎，蜕变，
生命的困惑对每个人都一样。
往前走，对与错，别畏惧。
把旅程中的经历交给时光，终会遇见答案。
保持善良，无愧于心。
我是爬行者小江。

目 录

CONTENTS

在 时 光 里 流 浪

第一部分

心放得下世界，
魂才真正归隐天地

高原篇————————————

被电影改变的生命旅程 / 004

生命之无常 / 027

前世今生，我们总会遇见 / 034

不要为了终点而错过一路美景 / 046

道孚，最美老板娘 / 048

梦中的亚青，每个人都是快乐的 / 056

信仰的力量 / 066

不常规的相遇，遇见并不雷同的你 / 069

在简朴生活下，依然可以活出自在舒服 / 074

离开这里，我多了一个藏族名字，益西卓玛 / 081

最好的世间 / 090

可可西里，孤独的守护者 / 094

走过青海：天地间总有美好感化心灵 / 104

第二部分

在大自然，
我们才感知到真正的天性

非洲野生救援篇 ————————————

这世界再没有"苏丹"了 / 112

写给苏丹的诗 / 114

野生救援日记 / 119

ROYAL MARA，我非洲的家 / 147

坦桑尼亚的春天 北京—坦桑尼亚 / 161

一想到你啊，就让我快乐 / 167

最真诚的东西，也是最无法抗拒的 / 171

塞伦盖蒂大草原，我们来了 / 177

走过那么多地方，但只有一个地方真正属于你 / 184

真正的爱和尊重，源自内心深处 / 192

我们在旅途中走散 / 197

梦中的心愿 / 202

你让我相信，美好一直存在——非洲的海 / 208

告别 / 213

第三部分

我的全部野心，就是自由的生活

心灵家园篇 ————————

小夫妻 / 221

路过苏黎世 / 228

浪漫的土耳其 / 233

一条印有动物头像的围巾 / 237

如果我有一支优美的笔 / 246

我们走得很远，还记得自己最初的模样吗？ / 249

路过俄罗斯 / 253

你给予的爱，终将变成一片草原 / 257

孩子们的家 / 263

花先 / 273

修行 / 282

再见，流浪的女孩 / 286

处女座小江的家园 / 288

后记 / 297

高原篇 —————————

Stroll

在　　　时　　　光　　　里　　　**流　　　浪**

第一部分

心放得下 世界，

魂 才真正 归隐天地

被电影改变的
生命旅程

《七十七天》上映了。

从第一次见到这个从无人区出来的野人导演，到陪着他跑完路演。仿佛，这也是我对西藏的一个使命。人和人的相遇有偶然性，也有必然性，和一个地方也是。

原来，我能到达这里，必须要等这样一部电影。

导演说，没钱了……能拍吗？

我看着他从西藏带回来的"宝贝"画面，心里笃定这事得做。

生命的意义到底是什么呢？

许多梦中向往的成功，也许有一天在拥有之后并未有想象中那般快乐，而身上琐碎的束缚却越来越多，让你忘却保有初心是多么难的一件事。

生命如此，一部电影也是。

在大部分为了市场、为了票房进行制作的电影模式中，有时候连我自己都会搞不清拍电影是为了什么。没有使命感，拍完了就是拍完了，观众看完电影走出影院就忘了它在讲什么，不会引起任何波澜。

当你不知道做这件事对自己的生命或者对别人有什么意义，这样的创造是没太多幸福感可言的。

在满足了最初对形形色色的角色的挑战之后，我更愿意传达，将灵魂给予每一部电影。

也许源于生活中的我对天地万物的感受，与这部电影有许多契合。而感受到的观众又通过电影和你的灵魂碰撞，这种感觉虽是间接的却又美妙真挚。

10多年前，向往西藏是因为一个角色。生命的巧合让我与自己曾经的角色有了那么多的相似。

这一路，如同许多人一样，我们微小的生命每天都在面对悲欢离合。从疯狂的少女时代，从懵懂到错失，到对许多难题释然。

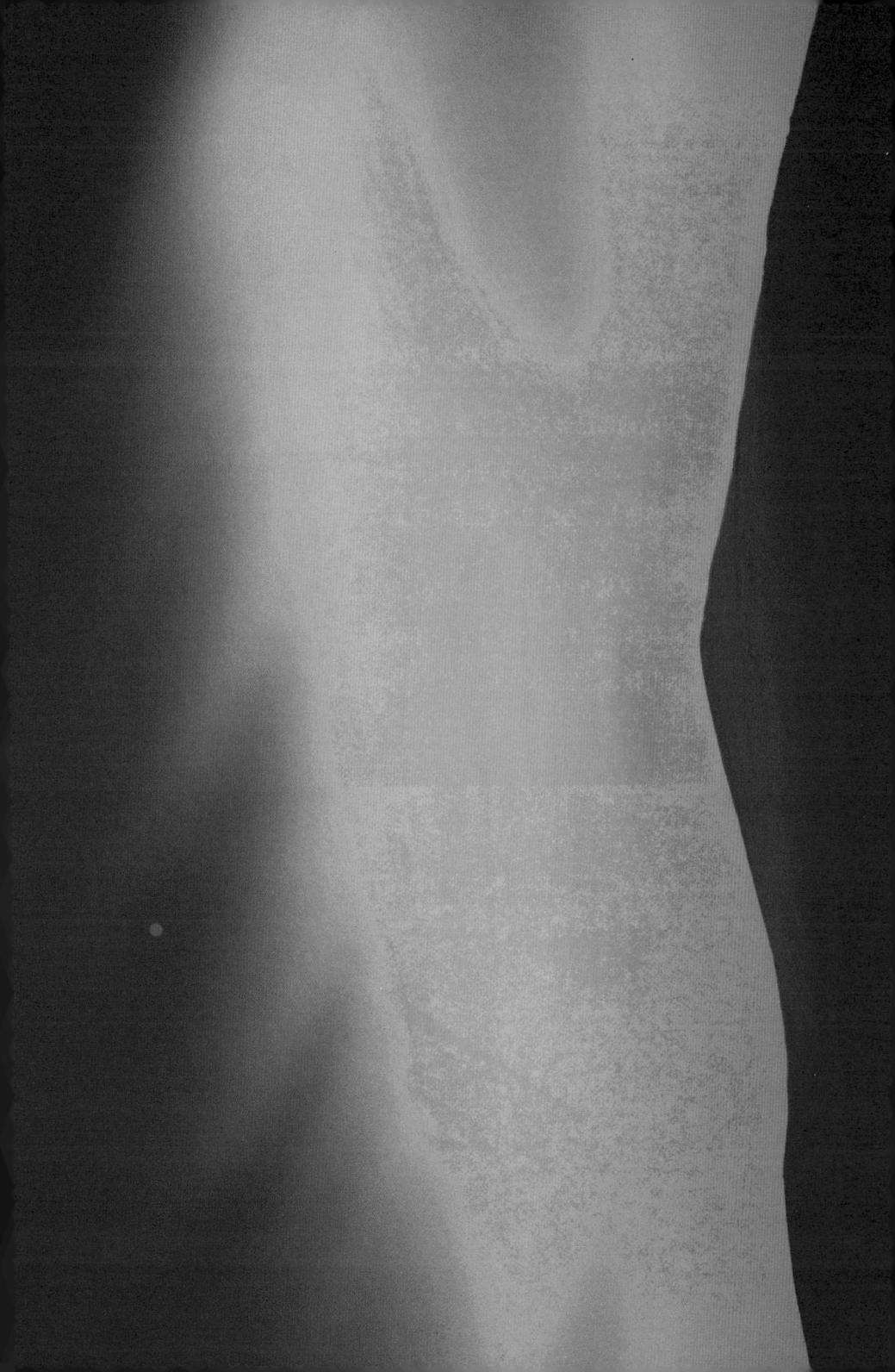

仿佛这就是生命要给你的通向平静的洗礼旅程。

　　11 月的西藏已经寒凉。还来不及买一件最厚的大衣，就上路了。第一眼见西藏是在飞机快落地前，一个让我等待了数年才有机缘来到的地方，必然是不顾高原反应一路狂拍。

　　那天一早从北京到西藏的航班人很少，我从左边窗户拍到右边窗户，有颠簸时就会从这个座位滚到另一个座位上继续拍，沿途的巍峨山脉，蜿蜒崎岖的拉萨河，神秘的藏地充满感召力。我心跳不已，但我确定那不是高原反应。

记得那天来接我的是一群兵哥哥，因为我舞蹈学院附中的师弟在这里当文艺兵，我们一起坐在一辆大面包车上，他们的眼神朴实真挚。这种特殊的接待方式也让我到了拉萨就想高歌：呀啦索……这就是我梦中的青藏高原……

大概从北京来的人更会觉得这里空气的清新度简直是香甜。虽然现在是个氧气越来越稀薄的季节，但依然天高云阔，伸手就可以够到天，捏一朵棉花糖来吃。

我的窗户正对着布达拉宫。即使是萧瑟的冬季，布达拉宫依然如风景画一般宁静神圣。我感觉到自己的呼吸变慢了，脚步变慢了，繁杂变少了。就这样一直坐着看这幅画，随着一天的时间变换色彩的画卷，竟然看一下午也不厌倦。

师弟在西藏军区文工团多年。当年我们一起在舞蹈学院附中上学。他在学校歌唱得好，性格也活泼。后来听说他毕业来了这里，一待就是数年，但是妻子和刚出生的宝宝还生活在北京。我心里想着，他到底会更愿意留在这里还是更想念家呢？别说对他了，对我一个旁观者而言，这也是十分矛盾且棘手的问题。

师弟说，他去了很多地方慰问演出，尤其是在藏区最偏远的地方，有些边防战士看到女文艺兵来握手，手都会一直抖，很多人都不敢抬头看，他们太久没有见到外面的人了。他说这份职业是一种光荣、一份使命。但我知道西藏再美，他也一定想念北京，毕竟妻儿和家在那里。许多人的工作，不是为了一份薪水，是胸怀责任。

晚上我们开车路过布达拉宫。这是我第一次觉得一个建筑可以如此震撼人心，它的辉煌不是因为奢华，是一份触动灵魂的庄严，是让你的眼泪情不自禁就为它掉落的敬畏。

那晚的月亮又圆又大，挂在拉萨城的上空。我有一种时光交错的感觉，是不是生命里真的有某一个角色来过，又消失得无影无踪，她的故事是否真的还在继续着，我在寻找什么？那些似曾相识的感知，一定都有着剪不断的联系。

这一夜，我不舍得拉窗帘，布达拉宫陪我入眠。

齐姑娘有备而来，却依然产生了高原反应，反应十分强烈。我感觉她必须要下山了。因为拍摄计划，不久就要向 5000 多米的雪山前行。不知道是不是因为太兴奋，我无心顾及高原反应。

　　齐姑娘下山后，来了一个有过许多藏地徒步摄影经历的助手，也是我多年前的男粉丝，他成功接替了可怜的齐姑娘。我马上租车开始在拉萨骑行，又每天在酒店里游泳。

　　导演后来说，把给我适应高原反应的时间都用来拉萨游玩了，那时候导演特别担心我玩过头突然倒下，戏可怎么拍？但因为还不熟，也不好意思训斥我，万一女主演一扭头也下山了呢！

　　在感受拉萨的同时，我见到了"我"的真身——一个叫蓝天的姑娘：女摄影师，时常没心没肺地大笑。这点倒和我挺像。她的故事很传奇，因为说起来轻松，实则是难以想象的困难，她有强悍的征服命运的勇气。而这一切逆转涅槃就发生在这个小小的躯体中。知道她的故事以后，其实很多次我会扪心自问，如果是我，我行吗？

　　内心的我不敢作答。

　　我不记得当时蓝天的原话，只是清晰记得她的神情，问她怎么面对这一次意外，从此与轮椅相伴。我们问得小心翼翼，她却回答得很大方。是有些不经意的、不服气的，是无所畏惧，就这么着，谁也不能让我向命运认输。

　　和她学习坐轮椅的日子，我好像也把生命中的那些无常和不公抛在脑后，只看到前方，面向远方。往前走，才是对生命中那些缺憾最好的释然。

　　所有的情绪，好像只有到了冈仁波齐，面对平静的圣湖，才突然爆发出来，那一刻，我不知道我是蓝天还是小江。茫茫人海，每个人都有自己对命运的困惑，而在她的故事中，此刻我们彼此温暖。有一瞬间，藏区的美显得有一丝残酷。

我们很少聊到命运。但我能感同身受。这是我和我的角色之间最亲密的相融。

剧组的第一次集体聚餐在一个古朴的藏式餐厅，大家围坐在一起，吃着吃着就有人来献哈达，然后一起跳舞。最后大家一起喝青稞酒，喝一杯唱一段。藏族的同事们都特别大方，说着说着就唱起来，完全不需要过渡，而在藏区生活久了的汉人也会相对放得开。这就是他们的文化，他们的表达。

那段日子是我唱歌跳舞最多的时候。只要大家一聚餐，必然就唱啊跳啊，自然随心。我把我会的都展示了，包括家乡的越剧。在这样天寒地冻没水没电的艰苦岁月里，还有一壶热酒和满腔热血，想起来依然温暖。有时候回想，为什么在那里有城市找不到的快乐？

也许……就是这么简单。

放下物欲、功名的繁杂，远离那些本不属于自己的性情，把简单的自己放在天地里，全心全意做自己想做的事情。原来快乐就变得如此轻松啊！原来再难的事情也会伴随着欢笑和勇气。

第一次到藏区的我，几乎任何时候都在拿着相机拍拍拍。有时候开着车窗把自己都快吹晕了，头发也立起来，也拍个不停。就连一头牛、一棵树都能让我开心得乱喊乱叫，完全没有一个女演员该有的端庄。

"哇哦，好帅，好拉风！嘿……"路上总能遇到一路风景里最特别的藏族帅哥，他们有一套对于装饰自己服装和摩托车的学问，总能闪到你的双眼，即使呼啸而过也让你回味无穷。那是我眼里最天然的时尚。

而我的男助理小运特别不以为然。

大概第一次到西藏和来过很多次西藏就是我们两种状态的最好写照。我看见什么都过于兴奋，人家只是精准兴奋。

要说最麻木的就是我的司机老贺了。到现在我依然对他耿耿于怀，想到他就咬牙切齿。他永远都在我要求停车拍两张的时候告诉我，前面还有更好的！然后车一路狂飙，就回到了酒店。真让我欲哭无泪。

不过也难怪，人家在藏区风风雨雨十几年，跑遍了所有地方，什么没见过，我要求停车的景致对他来说太小儿科了，他形容的美景我也只有暂时在脑海中想象，那得美成什么样子呢。

其实司机老贺也不是一般人，好多年前就身家千万，最后做生意失败了，现在在藏地做司机。他很少抱怨，也不是一个愁眉紧锁的人。其实能历经大起大落的人，又在天地间释然，是真英雄。

站在俊子的旅店里的阳台上，望着大昭寺的金顶和远处的布达拉宫，酥油灯的香火弥漫得像电影片场的烟雾效果，普通的居民楼里藏族人家的日常，和我们一样。只是他们的色彩如此浓烈，他们的信仰如此真挚。

夜间漫步大昭寺，有少年一家在磕长头。年轻的磕头人，即使是在这久远的传承中也不失自己的步调，一叩首一匍匐，极其轻巧，让你觉得好像一个滑冰小将，自如和谐。听着他远远而来的声音，一会儿只剩下背影。而一些上了年纪的老藏民，衣服已经褪色，不知道与大地摩擦了多少回，我想，磕长头是敬天地也是心灵拥抱土地的方式。

虽然我没有过一路磕长头的经历，但对这种方式却有自己的感知。很多时候在非洲，我会毫不犹豫地匍匐下来，让自己置身

大地的拥抱，那种感受很奇妙。我们一直都双脚踩在大地上，站立的视角有时候让我们失去了对土地的尊重。

把自己的心灵和身体紧紧贴在大地上，你会感受到自己的渺小。

你会听见大地的呼吸。

在玛吉阿米餐厅遇见一家从牧区来的藏族家庭。他家的姑娘美丽至极，像是油画里的女孩，眼神里没有都市的世俗和警觉。你看着她，她的脸就红了。你再看她，自己也会被一种与世无争的平和感染。

我想，那时候仓央嘉措望见趴在窗口的玛吉阿米，是不是也会被这样的眼睛而被打动，迷恋到无法自拔？我想记住这个眼神，有一天愿我还可以在电影里传达这种久违的美好。

电影拍完上映，第一次参与得那么完整。原来，一部电影的诞生，即使是在6000多米的高原，即使是在只有野生动物的无人区都不算什么。

对于一个只了解大自然的导演，要面对宣发、排片、院线的问题，因为市场的主导，你要拍什么，你想传达的，似乎都无形中被否定了。在占市场不到百分之二的排片之中，我们面对着比高原更茫然的寸步难行。

寒冷苦难都只是身体的考验，我们有把握和勇气征服一切险峻，就好像在大迁徙中的角马，就算知道马拉河的鳄鱼正张着大嘴等待，但为了心中那片草原，它们必须过河！

可是在大自然中再大的问题都能扛、都能不慌不忙的野人导演，面对城市的现实，却只能瞪着一双大眼睛。他不过是希望自己的电影至少被观众在大银幕上看到，那是中国最壮美的山河，那是独闯无人区才能经历的最奇妙的旅程，那是最好的摄影师李屏宾老师 60 多岁进无人区拍出来的画面。我们太希望观众在大银幕上感受到这些。

所有的一切都有过挣扎，也许某一刻就低头了。

但是，没有，我们不肯让自己的心倒下。

就像在大自然中，我们一直倔强地仰着头，那是太阳的方向。

感受过西藏的人，心中有那里的夜空和冈仁波齐。

所以，我们是不会向命运妥协的人，哪怕只是柔软的坚持。

"《七十七天》将人在面对死亡时的恐惧，对命运不公的埋怨，获得狭义自由时的孤独，对生的眷恋，到最后的释然，真诚地表达出来，呈现给观众。没有价值观洗脑，没有打鸡血，只是让人回归为人。在自然面前人是脆弱的。但在人的精神面前，什么都是不值一提的。"

诗与远方！近些年来一直流行的话题。在我的解读中它的意义在于"远方是常人所不可触碰的理想目标。诗，是我们追求远方过程中自己所演绎的不平凡的故事"。但大众追捧的似乎仅仅是避世的清闲甚至是如无头苍蝇般嗡嗡扰人的做作罢了。《七十七天》，一场诗与远方的最好诠释！

我们在电影创作中遇见相同的人，也会在电影上映时遇见有精神共鸣的观众。电影的排片从最少一路反弹。

有人调侃导演，这下踏实了，抵押的房子可以收回了。但是属于大自然的人心照不宣：也许这一点点艺术的魅力犹如黑暗的洗礼，如清晨第一束光照在身上的温暖。大自然给了我们前行的勇气。电影给了所有遇见它的人勇气。

万水千山的跋涉，终是我们内心的破茧而出。

彩蛋：

导演开始筹备下一部电影了，依然是 6000 米以上的高原。

"小江，你下面有档期吗？"

"导演，我这次有片酬吗？"

哈哈！

生命之无常

记忆仿佛穿行在大昭寺，昏黄的街灯中少年磕长头的身影。

每一步前行都坚定自若。

我的信仰是天地。

在这里，人们无时无刻不在拥抱着天地。

在这无比神圣的信仰之源，内心一次次被洗涤。

虽然每个曾到过的人都这样说。

但我依然有所触动。

生命的意义在这里简单却铭心刻骨。

拥抱爱，拥抱梦想，无畏前行。

途中读到："穿越痛苦的唯一途径是经历它、吸收它、探索它、确切地理解它是什么，以及它意味着什么。"

将痛苦拒之门外就是丧失了成长的机会，不是吗？

我一拳打在你身上，而你像海绵一般柔软地包容我的痛苦。

除了感恩，无力怨恨。

原来，因爱而生的恨，终将被宽容化解。

生命就像一张考卷。老天给每个人出题。有的简单，有的幸运，有人难解，也有人选择放弃。

最终，每个人的人生都是自己的答卷。每一题都必须面对。

前 10 题简单，不意味着你能顺利答完整张考卷，若能应对最难的一题，其他问题都能迎刃而解。

生命无常，太多的问题需要我们自己解答。

在爱情中，快乐抑或带去快乐，痛苦抑或带去痛苦，爱本身也是幸福又无常的。

走遍了世界，看到最像自己的地方，拥有自己内心的信仰。这份爱，亦是生命给予心灵的归属。

人生的考题中，谁无过错。我也一样。

一旦错了，就必须承担，然后往前走。

生命的考卷没有时间重来，只能用接下来的时间去做更对的事。

也许你还有机会弥补失误，也许再错一题，你就和人生的及格线擦肩而过。

所以，如果你还有机会好好答这张考卷，一定要珍惜。

每个人都在面对困难。每个人都有苦痛。我们常常羡慕别人，是因为我们只体会到自己的苦痛。

其实每个人都一样。

我们得到奖赏，也要面对难题。

生命充满无常，体会痛苦却是有常。

前世今生，
我们总会遇见

———

朋友没有赶上飞机。

我说那好吧，我们离开机场找个地方再会合。

不知从何时开始，面对许多突如其来的变化，学会了不急。

不急，是一种很好的人生姿态，许多次，面对大大小小的问题冷静安然，生命总会给出意外的奖励和惊喜。

这一次，又遇见了。

我来过这个城市，因为工作，没有时间停留。

我路过一个地方，忘记了叫什么名字，可是心里总还有一丝留恋，说不出。

很多人很多事，就是冥冥之中前世今生的缘分。

越来越相信，好似那句"只是因为在人群中多看了你一眼，再也没能忘掉你容颜"。

这些奇妙的瞬间也是我爱旅行的原因，你知道前路是什么？

你会遇见谁？

你将置身何处？

茫茫旅途中的未知，我从未放弃，等待着，你。

这一眼，你怎么那么美？

我瞬间变成了迷妹。不愿离开，想静静地守着你。

万水千山走遍，却不及你的容颜，我希望自己有一天似你，在静美的笑靥里开出莲花。

你的美，不只是美，是看见的人都觉得，美好。

在圣水寺，遇见一个小男孩，不愿放开我的手。我说你的爸爸呢？他摇头。你的妈妈呢？他不答。那我带你回家？他点了点头。一双懵懂的大眼睛盯着我不离开。

　　我和助手都笑出了声，天底下，怎么有这么多可爱的人和事？他怎么就相信我是一个好人呢！

　　嗯，大概我们也在曾经有过牵连，我忘记了你，可你记得我，对吗？

　　后来，我们帮他找到了妈妈，是一个在忙碌的居士，我们请她一定要看好这个可爱的小孩。

　　他们是上天赐予的礼物，是可贵的牵连。

看护佛像的几位阿姨特别慈祥。她们并不知道我是谁，却一定要塞给我佛台上的苹果和糖，说有加持力。

于是我和阿姨们坐在一起，啃苹果。

蜀地的夏至闷热，可这里的过堂风凉爽宜人，让人心里生出清静愉悦。

妈妈问，你们天天守护这里有工资吗？阿姨们不好意思地笑了。一个阿姨用手比了比，两百块！不过还要常常买些供品，也剩不下什么钱。

说完她们几个又一起呵呵地乐着，阿姨们虽然都是六七十岁的年纪，却还有少女般的单纯，眼神透明简单，未有一丝世俗。

我想，虽然在这里并不能挣大钱，可是有一份安心的快乐。生活简简单单，心里又充满信仰，怎能不乐！

走在路上，我常常会想，快乐的意义到底是什么？

很多人挣很多钱，可是心里没有寄托，更连享受这一丝天然的过堂风的兴致都没有，真的会快乐吗？

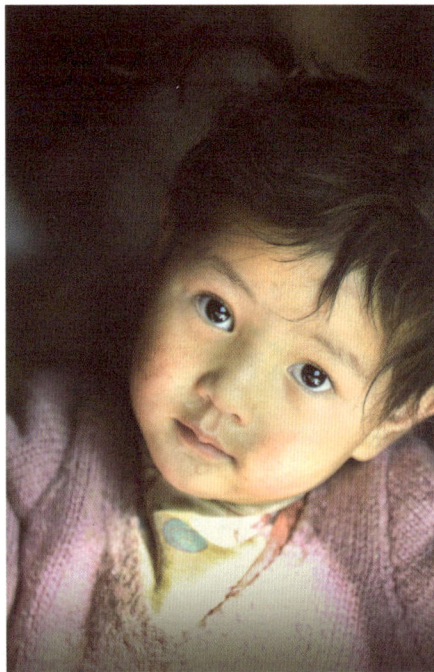

水面上的小乌龟，我们何时能像你这么坦然地放松？

我一直说自己是爬行者，就是我不希望自己太快。

太快了，我怕会错过。

我只想让我在意的生命，静静地，慢慢地，来。

走到圣水寺，完完全全是偶然。但谁又清楚，偶然究竟是不是必然！

寺院前呼啸而过的绿皮火车，五块钱的斋饭，大雄宝殿门口的僧人，一次相遇却有许许多多的故事和注定。

阿姨们还告诉我这个寺院已经有1000多年历史，后经高僧果忍及其弟子历时20多年重新修缮，千年古刹才得以焕然一新。

端详惟妙惟肖的佛像，感受他们游历世间的善迹，不免心中生出敬畏和感动。而果忍法师也是来到世间的佛陀，愿将悲智带给来到此地的有缘人，感受到善因的美和慈悲。

阿姨偷偷告诉我，果忍法师其实95岁了，看上去只有50多岁呢！

诸恶莫作，众善奉行。

也许这就是长生不老的秘诀吧。

不要为了终点
而错过一路美景

我和孙师兄走在山路上，他的笑容温暖祥和，一刻都不曾改变。

"上师有一次出门，路过山间，他要我们停下来，拿出卡垫和酥油筒，在草地上生起火。我们就在山谷里喝了一下午酥油茶。"

这就是藏族人的生活方式。

骑摩托车的小伙子累了，把车子放一边，自己躺在草地上睡个觉再出发。

两个牧羊女找了棵很美的大树，就这样看着羊群和青山绿水发呆。

而都市里的我们太在意终点，总是一路狂奔，路过的却都是错过。

路上的朋友还跟我说过，藏人去磕长头有时候也是很随意的。

几个牧民放完牛，觉得没什么事了，就相互问，去不去磕长头？活干完没有？走嘛走嘛！就这样出发，不管离得多远，春夏秋冬，一路磕去拉萨！

信仰的力量未曾随意。更有我们所不能想象的坚毅。

道孚，
最美老板娘

被道孚的民宅迷得失魂。

我也喜欢欧洲的小镇。从柏林出发去新天鹅堡的路上，一面是草原，牛羊遍野；一面是各种彩色的村庄，穿着中世纪服饰的人们手里拿着菜篮和饼，无比欢愉的日常生活。

我总感觉我走进了某一个电影场景。

还是不太相信，在同一个星球，有人是这样生活的。

他们的房子外面是随心所欲创作的画，那把旧车胎切开一半挂在围栏外面种花的记忆我一直忘不掉，从此也不再丢掉旧车胎。

生活就是你看到了更有趣的生活，从此也选择更有趣地活着。

一路的青山绿水。

拐弯见雪山。

下雨见彩虹。

心，离繁杂的尘世越来越远。

我说，我喜欢这个地方，我们就在这里住吧（瞬间学会了上师的性情）。

道孚的房子不拥挤。有的是山景房，有的在水边。

这个季节，很多房子前面有大片的油菜花，那鲜艳的花儿衬托着绚丽的房子，美得像画。

我一路都在要求停车，司机一路都在追赶（为了按计划到达），错过了很多美景。才明白，真正能留下的都在心里。

许多美好的瞬间，曾让我惊讶得目瞪口呆。

语言、图片在那一刻都显得特别无力。

所以，只有自己前行。真切地感受。

我有一个特长。

找酒店。

也许是看过太多奇妙的住所，我的判断总是被友人们夸赞，并且一致同意以后这件事就全权由我负责。

计划时间我是不靠谱的，因为太感性。找有感觉的地方我是最好的，也因为感性。

旅行中的住宿对我而言很重要，因为一天的奔波必然要有一个最惬意的梦乡才能更好地出发。并且很多酒店会有很好的位置，最有当地特别的风格，所以一个好酒店可以让你足不出户也能感受当地。

我一直在想，我要攒一些钱，将来走遍所有地方。

我要住最好的酒店，并不一定是最华丽的，但要最有特色的。这一点上绝对不能为了节省而委曲求全。

可以不买奢侈品，但一定要住遍全世界最有趣的酒店。

有时间和大家分享我做了一个家的故事。从此对建筑有了感情。

深知不易，更懂珍惜。

道孚老板娘送给我一个藏式民居的模型，我高兴得像孩子一样。

因为喜欢非洲，我在北京的家用了帐篷布顶。我自己画了一个床，四周都是树枝。

喜欢道孚，感性地想着，我要在房子前种一片油菜花。我要爬上有木梯子的天台煨桑。

虽然，只能是想想。喜欢的是不可能都拥有的。发梦的时候，礼物就来了。终于可以把道孚藏居带回家了！

谢谢最美的老板娘，你的藏式酒店让我见到了传说中的藏式豪宅和它热情纯朴的美丽女主人！

梦中的亚青，
每个人都是快乐的

━━━━━

　　翻过卡萨湖边的盘山路，卡瓦洛日神山映入眼帘。

　　再过垭口，放眼连绵起伏的高山草甸在天际与云层相连，路旁黄色、白色、蓝色的野花在草地上绽放着，不时有一群牦牛挡住去路，牛群中寸步不离妈妈身边的小牦牛可爱得让人想伸手抱抱。

　　说来，藏地不是想来就来的。

　　很多地方早有约定，就是迟迟到不了。一旦到了，回想过往，

会相信因缘这件事。

师兄见到我，说的也是一句：这不，缘分才到！

因为懂得，所以不曾强求。信宿命这件事褒贬不一，但我想事事自有规律，还是要以平常心面对生命中的一切。

努力过好每一天，认真地对待人和事，快乐就享受它，有缺憾也不难过。无论是何样的人生，都是悲喜交加。但我们这一生，来去都要坦坦荡荡。

如果有来世，也能心安理得。

我和拍第一部电影认识的好朋友们，至今仍然保持着最单纯的友谊。大家几次去亚青寺，回来带给我许多奇妙的故事。有的

时候天空同时出现了几道彩虹，有的时候佛陀化身为龙在头顶盘旋。时而晴空，时而冰雹。更有人能看到常人看不到的迹象，慧眼得于修行。

我的心一直在念，冥冥中等待，自会到达。

暮色微雨，传说中的解脱门和莲师像次第矗立在薄雾缭绕的

山谷，既庄严肃穆又如神秘幻象。

车到近前，那层薄雾原来是扎巴区层叠的僧舍、觉母区心形的半岛升起的袅袅炊烟，河流在山丘间的草原上蜿蜒起伏，僧尼绛红色的木屋与牧民白色的帐篷间是几座高大庄严的金顶经堂，宛如仙境般清静安宁，难怪有众多的汉藏僧尼在此潜心修行……

亚青宾馆算是当地最"豪华"的住宿了。在一楼的餐厅可以吃到素餐。

喇嘛舍利塔就在宾馆右侧，在夜间的光线中美妙至极。

依稀有藏民在转经筒，仿佛还可以听到经堂里传来的诵经声。

这一晚，我梦见观音菩萨现身……

关于亚青寺的起源，据说当年噶陀最后一位十万虹身成就的白玛邓灯尊者路过此处，当时荒草丛生，尊者于解脱门处授记：未来会有一位大成就者在此处弘扬佛法。

这就是指的后来创立亚青寺的阿秋喇嘛。

阿克、阿尼的僧舍分布在不同的区域，是亚青寺很壮观的一幕景象。尤其是阿尼的住宿群落，密集地围成一个心形。

　　阿克的房子有的在半山腰，很像里约的贫民房，虽然简陋但别有风情。每个房子顶上都有一间极小的闭关屋，师兄跟我说他们修的有一种法要对着太阳，很多人一坐就是几个月。

　　说到闭关，我的疑问，吃什么呢？

　　这么小的屋子蜷着坐几个月、几年？会有人放弃吗？

　　那些小阿尼呢，小阿克只有几岁啊……

　　很难想象，如同这个世界一样。

　　他们有我们无法理解的信仰和坚持。

　　过几个月，亚青寺即将大雪遍野。街上将看不到人，而每个闭关的小屋里却不会空荡，所有人都会静静地开始他们的修行。

　　面对饥寒，面对孤单，唯有信念热烈饱满。

　　明天就要办法会了。

即使细雨蒙蒙，虔诚的藏民们也没有缺席。

这是他们的盛会，是他们的劳作，幸福的依托。

在这个小小的山谷里，每个人，都是快乐的。

信仰的力量

金刚舞法会具有祈祷吉祥加持、摧伏邪魔障碍等殊胜密意。僧众们进行殊胜的金刚舞，其加持力也是不可思议的，也只有具缘信众才能有幸目睹。

有缘看到金刚舞的人，可以遣除自己的修行与身体上的诸多障碍，获得殊胜加持，在相续中种下往生香巴拉净土的种子。

不常规的相遇，

遇见并不雷同的你

遇到格多寺是非常偶然的。我喜欢这种偶然。像人和人的相遇，都是有概率的。

我喜欢不太常规的相遇，和遇见并不雷同的你。

格多寺真的蛮特别的。

相遇缘于师兄说要带我们去洗澡。好吧，我一个有洁癖的处女座的姑娘，被各种野外生活磨得几乎走向了另一个极端。

当然，还是很高兴。毕竟洗干净的时候整个生命都更明亮了。

什么？泡温泉！这大概是在亚青唯一的娱乐。

亚青寺的僧人生活清苦，除了修行，他们的享乐不过是和大自然融为一体。偶尔爬爬山，在水边躺一躺就是最大的放松了。而亚青大部分时候都很冷，真的能享受到这些其实也是奢侈的。多长时间能洗个澡我没敢问。师兄说，很多僧人没有交通工具，要来这个天然的温泉泡一泡也要徒步很久。

真可怜啊，我心想。他们过得好辛苦。如果是我会怎样？

当你什么都有的时候，也就什么都习惯了。并且你会习惯性地想，什么！他们不用手机？他们没有车？他们没有厕所？他们只吃糌粑！他们怎么过的啊？

其实，他们才是天然的。

我们拥有得太多了。把自己塞得那么满，有时候才很累！

日本有一个年轻人把自己所有东西都丢掉了，过起了极简生活。其实，僧人的生活也是把凡俗的所有都放下，干净到只剩下自己，才能干干净净地修法，毫无杂念。

我想，那些阿尼虽然要走很久很久才能到温泉，可是一路上青山绿水，他们一定在大自然里快乐极了。那种期待的幸福感城市里的人越来越难感受到。因为我们来得太容易，快乐也就越难。

老天是公平的。

我们到的时候也有几个年轻阿克，买了一些零食饮料，准备好好洗上一番。法会也算是他们的假期，看上去有点像我们的音乐节。有个阿克坐在窗户边，看起来是刚洗完很放松的样子。我说，我可以给你拍照吗？他友善地点了点头。

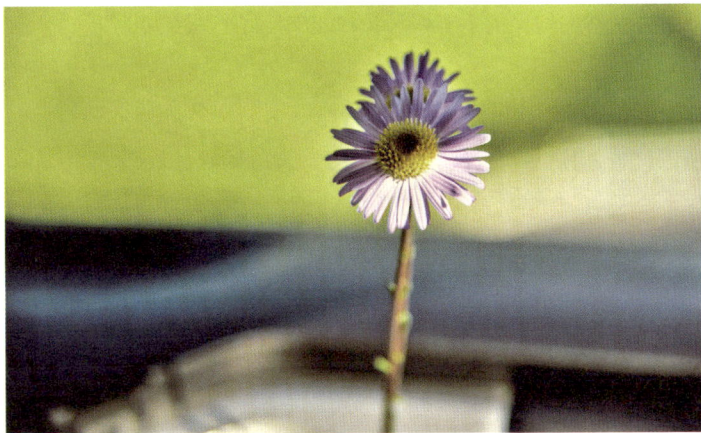

每一张照片都有让人看不透的平静和一点点的腼腆。

泡完温泉自然是饿了。觅食。

一路上我也快乐地唱起小时候很喜欢的一首歌："小和尚下山去化斋，老和尚有交待，山下的女人是老虎，遇见了千万要躲开……"

惹得小伙伴们一阵狂笑。

师兄建议我们去一个少有游客的寺院。一听没游客我便很兴奋，总觉得会有惊喜。我的兴趣有时候蛮怪的，喜欢每个地方的菜市场，喜欢只有当地人去的小教堂，喜欢特别郊外的周末市场，只卖几块钱的村民的手工作品我却能把玩好久。

有时候，质朴的生活才是生动而真实的。因为真实而久远，所以这也是我一直选择的生活方式。

我没带相机啊！师兄你怎么不早说呢！

好吧，就这样拿着手机走进了百年的古寺。据说当年这一带都被烧毁，唯有这个寺院在火中幸存。

　　僧人很友好地接待了我们这些陌生"游客"。他听不懂汉话，只是从面容上意会我们的来意。不骄不躁，一到了这里，岁月变静了，变慢了。光影中，它的痕迹真美。

　　沉睡的猫咪被我们吵醒。它是不是僧人的护法呢？总之有说不出来的灵气，前世一定有某种牵连。

　　真正的修行人，有一个共同点，他们的面容都很美好。因为常常是笑脸，面容是祥和的。所以面由心生，比漂亮更重要的是我们要带给这个世界快乐的感觉，看到我们的人才会感到快乐。这也是一种自我修行。

在简朴生活下，
依然可以活出自在舒服

———

　　阿尼就是觉姆，她们来此修行，有的甚至住在山洞中。关于出家，我虽然对她们每个人充满好奇，但并未真的接近和访问，只是听旁者说过几句，有的家境贫苦，有的一心向佛。有个女孩毕业于国内数一数二的大学，然后到此剃度修行，家里自然是不同意的……每个人身上的故事都似一本书。

　　师兄建议我抽出一年时间到山上学习。嗯，我不是一个一直工作的人，支教时也走过无尽的山路，也和孩子们、老师们一起同甘共苦。

但阿尼们的生活，我只能佩服，同时望而却步，山洞里的潮湿一般人都接受不了，高原、食物、气候，粗略想想就已经退缩了。

冬天，当大雪覆盖了整个亚青，山上没有电没有水，孤坐于此打坐念经……此等画面我只能幻想在电影中经历了。

山下觉姆区的生活其实也很艰苦，有的小屋挤了很多阿尼，几乎迈不开腿，生活不能更简单，小屋里除了经书、炊具、蜷睡的席褥再无其他。师兄老说，他的房屋是亚青豪宅，因为有抽油烟机和一个独立的厕所，茅草棚搭的旱厕，好吧。

看护莲师洞的阿尼已经在此七年了。

她不大会汉话，但热情地邀请我们去她在莲师洞口依山搭建的小木屋喝杯酥油茶。倚坐窗前，窗外河谷溪流潺潺、山花烂漫，窗内佛龛经台一尘不染。我偷瞄了师兄一眼，心里暗忖，虽然没有抽油烟机和厕所，此间若处女座一般收拾后的阿尼的小屋，才是我心里的亚青豪宅嘛！虽然出家了，但心里对美的渴求是一样的，在简朴生活下依然可以活出自在舒服。

　　阿尼拜托师兄帮忙运送人造革修补破损的墙壁，说着还指给我们看一些开裂的地方，真的很完美主义！怪不得上师请她看护莲师洞，一定能叫人放心！师兄帮着她充话费、记下所需的食物补给……我的神思却飘向了窗外，想象着如果这个季节突然下起雪，漫天飞舞的雪花里，康巴汉子骑着马，牧羊女甩着马鞭，赶着成群的牦牛……哇哦！也可以重新思考一下师兄让我上山的事情了！

出了阿尼的小屋往里走，就是莲师洞，彩色的莲师像庄严夺目，很多信徒将自己珍爱的饰品供奉给莲师，据说这里之所以闻名，是因为莲师像的形状是天然形成的。

细看莲师像的形状真的浑然天成，再由画师描上色彩。洞中还有许多阿秋喇嘛取的伏藏留下的痕迹，洞中墙壁上有很多藏文种子字，还有很多佛像。

准备离开时，阿尼拉着我往回走。大家都不明白是怎么回事，原来，刚才在屋里说好要给她拍些照片，之后打印出来送给她。真是个心细的姑娘，念念不忘要我给她和她守护的莲师合个影。

一个阿尼，独守莲师洞那么多年，有我们不曾看到的大雪漫山时，阴雨湿冷时，也有许久未曾有人上山时，她日日与这洞中的莲师相伴，贴心看护，把这一方天地收拾得井然有序。

这是属于她的，了不起的闭关修行。

阿尼，照片出来了，完全不需要修片。

离开这里，
我多了一个藏族名字，
益西卓玛

生活有时候会将我们撕扯得支离破碎。

即使不工作的日子，每天依旧被各种琐事包围得水泄不通。师兄给我讲了件事，关于他的"亚青豪宅"。

一场暴雨把他家的墙冲塌了，本来他是想修墙的，但是墙正好塌到了一间只供一人喝茶的小房子上，于是师兄想着趁此机会把这间房子扩一下。扒到一半，邻居过来说反正要修不如重新盖一间，隔天邻居就为师兄拉来了木头。兜兜转转风吹日晒，房子终于盖好了，师兄却累倒了，只好回到低海拔的内地养病，也没有办法继续在山上修行了。

有的时候我们多一些努力，但常常是多一些满足和快乐，随之而来也会多一些烦恼。这点尤其让我感到上天的公平。那些永远羡慕嫉妒的人只看到别人拥有了那么多，却不知道拥有多的人也承担着同样多的责任、压力。

所以我常常思考，人生应该不断勇往直前，去创造，去拥有，还是一开始就享受平凡的简单？

关于我自己建房子（有机会一定要讲给你们听）有一件事挺触动我的。

你不断追求完美，不忽略每一个细节，终于让每个空间都显得饱满丰富。然后，你每天会花太多的时间在各个空间里操心布置，到后来你会发现甚至没有时间坐在最漂亮的茶室里喝一杯茶。想起一个朋友的家里，空空荡荡，极其简单，客厅餐厅只有一张原木的大茶桌，但她可以天天坐在那里喝茶，和朋友聊一下午。

也许很多道理的开悟必须经过一条长长的路。

　　我不后悔自己绕过的每一个圈、做过的每一次徒劳挣扎的努力，我希望生命因为丰富而简单，努力创造最终化繁为简、破茧而出。不然生命的过程怎会有趣？

　　突然理解了在亚青修行的僧人，怎么可以过得如此俭朴！他们放下了人生的牵绊，不被尘世束缚，让心灵干干净净地修行。

　　此行最遗憾的是没有为阿松上师拍几张写真，他真的是太忙了！我在他的身边，亲眼看到他为坐满经堂的众生打卦加持，帮他们答疑解惑、祈福安康，给孩子布施糖果，很多人得到上师的加持品都泪流满面，我被这场景深深震撼，都忘了举起相机。

　　信众们都会把钱裹在哈达里打个结供养给上师，或多或少，当你打开时仿佛能看到牧民们不远千里赶来，满怀虔诚地将它们包好，钱币还带着牧民牛羊的气息和他们的诚心。

　　阿松上师说不能辜负每个信徒的心意，这些钱都会收到佛母（转世活佛的母亲）那里，用于修建经堂和寺院贫苦僧众的日常开销，而上师每天只是很简单的酥油糌粑，粗茶淡饭，有时讲课忙连饭都吃不上。专门为上师做饭的燕子姐一脸不忍："常常饭菜都等凉了还没顾上吃！哪有上师这么辛苦！"

　　藏族人家有人过世都会请上师超度,有时半夜有人去世,上师就会披星戴月地赶去,燕子姐有时连自己的宿舍都不回,就在客厅打个地铺,以备上师随时出门。

　　师兄说:"这次你知道真正的佛陀有多辛苦了吧,还不如凡人，他的一生都是在为众生服务。"说完师兄就去帮上师修厕所了，上师家中大部分设施已经老旧到无法使用，但他似乎从来注意不到这些，都是侍者或旁人看不下去，主动过来帮忙。

忙碌的佛母更是低调朴实，不知道的人以为她就是个普通的藏族妇女。其实她才是有大智慧的人，才会成为仁波切们选择的母亲。不论众生和她提出如何的要求，只要她答应你就一定会帮助你，一边手里倒着酥油茶，一边还为僧人在炉子上蒸包子。

我发现一个共同点，阿松上师身边的人都非常面善，他们说话声都不大，眼神柔和，做起事情来一丝不苟。

上师的侍者告诉我们：

"上师要求大家帮助别人，与人为善是最最基础的。"

燕子姐说："我们在上师身边目睹他为众生所做的一切，每天只睡两三小时，连上师都这么努力，我们怎么可以偷懒！"

那天金刚舞法会，阿松上师在草坪上给大家讲法，很神奇，几天的阴雨全部消散，身后的云层光芒万丈，法座上方的鸟儿不停盘旋……

　　法会结束后第二天，天空无比晴朗。临行时，助手田田和我讲，她之前来亚青寺，公路上很多藏族同胞都会在马路上捡虫子。我脱口而出：用的吗？她说，不是，天气热时，虫子都会从草地里爬到公路上，而来来往往的车辆总会使它们失去生命，这些牧民就会背着麻袋将虫子一条一条捡起来，然后放回草原深处……

　　当我回头看向亚青，天空中云卷云舒，僧人绛红色的身影点缀着黛绿宽广的大地，悠闲的藏族小伙子骑摩托车累了，就躺在路边睡个觉，山谷里安然得让人放轻了呼吸……

最好的世间

去过很多地方，见过的美景甚多。但到了藏区依然惊叹，最美的地方原来就在自己的祖国。

它像一个浓缩版的世界，包含了所有壮美山河。

我愿慢慢欣赏你的美，我愿为你停下来，不再追赶。

即使数年才能将你走完，我愿不再错过，最美好的世间。

可可西里，
孤独的守护者

从可可西里无人区下来，依然带着高原反应的不适感。

小解（保护站工作的战士）说，我们在保护站工作了好几年的队员，也不喜欢上上下下，每次来回总还是有那么段时间要头痛。

"听说你有一个春节一个人守在保护站十几天，其中有一周左右的时间，一个人一辆车都没看见……"

你不会抑郁吗？其实我心里想问。

"我会坐在保护站的大羚羊角下发呆，或者，和我的羊说话。"

我的羊，是巡山队员们对藏羚羊的爱称。

那口吻就像是说我家的妹妹、我的孩子一样亲切。

而这些带枪的汉子，面对他们的羊时露出的温柔像极了可可西里黄昏柔软的霞光，能把大地融化。

今天，小解就要下山了。

这个到保护站工作了三年的战士从自愿来这里到不舍离开，他没有告诉我具体原因。

但我始终能感觉到他对这片净土和野生动物们有着极其强烈的真心。

"如果有更好的医疗条件，我们可以把那些受伤的野生动物救助得更好些。"就在要离开保护站的当天，他还救了一只断了右翅膀的黄雕。

"以我之前救助的经验，它的年纪不大，也就两到三岁。它应该是低飞俯冲时被公路上的车撞的。"

　　小解抱着大纸板箱把爪子相当锋利的黄雕放到保护站的围栏中，这个受伤野生动物小家中还有小解做的鸟屋，曾经来过很多受伤的小家伙。有的恢复了，回到大自然，有的没能挨过去。

"有一些受伤的鸟类，尤其是断了翅膀的，很难再回到大自然生存，但是在救护站，它也不愿意吃喝，最终就无法救活……"

说到这里，小解的情绪是低落的。

因为无能为力，力不从心。

一面是努力救它们，一面要看着它们死去。

我又何尝没有相同的感受，白天身在非洲保护区参与保护行动，夜晚却听见枪声。

他们说月圆的时候盗猎分子最为猖狂，好借着月色对那些动物下手，我到现在看见圆月，心中都感到担忧。

此刻，我能理解小解的感受。

我们都希望能真正帮助这些可爱的生灵。那一刻，我们两个在无声的难过中彼此抚慰。

"这个世界不是完美的，我们尽力去努力，但是我们不能祈求绝对的完美。"你付出过的爱，大自然一定会懂得。

　　他说，有一只小鹰救回来时很小，在救护站养得挺好，后来自己飞出了笼子。有一次，窗户外面有一只鹰突然飞来拍窗户，那段时间一直在救护站周围飞，直到他下山后才离开。

　　那就是他们救助养大的孤儿小鹰。

　　它们记得是谁让它们重生。

　　小藏羚羊的眼睛很有神。

　　又萌又明亮，如果它们不懂得又怎么会舍不得它们的小解爸爸。无论他走到哪里，他的羊儿们都会跟着他。它们是失去了妈妈的孤儿小藏羚羊，但它们从被救回来的那一天起就拥有了人类爸爸！

　　它们是不幸的，它们又很幸运。

　　等到来年春天，它们要回到可可西里的旷野中。小解说他不去送它们，都是其他队友去的，他不敢面对这样的离别，因为可能永远不会再见了。

　　他说这话的时候，感情特别深沉，让听的人心里难受很久。

毕竟他只是一个 20 多岁的男孩子，却像一个父亲一般送别了一拨又一拨孩子。

"在救护站，我希望它们依赖我，可我也害怕它们依赖我，如果它们能不依赖人类了，那就是它们可以回归大自然的那一刻。"

他说，他能清晰地分辨每一个在大家看来都长得一样的藏羚羊。他能记得它们的每一张脸。

我现在能理解，当他十几天都没有面对人和车，一个人在这旷野中的救助站而不孤单，因为有他的羊儿依偎着他，与他呢喃，那是只属于他们之间的言语和默契。

黄昏的日落草原，只留下小解和他的羊儿，他们彼此亲吻、拥抱，拍着照片的我被这画面中袭来的巨大情感能量温暖到流泪。

如果说大自然有灵，这般人与万物之间的彼此懂得，大概就是人与自然最美好的联结。

扎西带着他的藏族巡山队员们回来了，他们要继续守护这里的小生命和这一片美丽领土，从抵制盗猎者到抓捕盗采团伙，到守护卓乃湖几万只藏羚羊产崽，他们用生命坚守这份伟大的工作。

如果不是热爱，谁会愿意在这里承受高海拔变幻莫测的天气，长年煮不熟的米饭，不能洗澡的宿舍，每次巡山一个多月扎根无人区，永远在泥地里推车，一个月仅有两千元的临时工薪水……

我问了扎西一个有点愚蠢的问题，泥土包裹的巡山车后座是专门放救助回来的野生动物吗？因为上面有小动物的屁屁。

他说，这是我们出去一个多月睡觉休息的地方。没有专门救护的车，所以有时候也要让给被救助的动物。

这时候我想起和小解聊天时说到过，当他看到一路颠回来的小羚羊，他疯了一样拿着自己的被子给它们都裹起来，那些离开母亲、被遗落在路上的小羊大多奄奄一息。他根本不敢离开它们。

后来，小羊们在他的被子、床上拉屎拉了个遍，但看到它们开始蹦跶，小解的奶爸生涯就开始了……

我们始终都要面对离别。

但是我们真心爱过。

感受过。

我们在彼此的生命里留下气息，即使不完美也无憾。我相信永恒，是因为我们付出过不求回报的爱。

小解说，在青藏公路上开车的人们，有的撞上野生动物，有的救助受伤动物来保护站，有人在意，有人不在意。这是这个世界的矛盾。

而从今天起，在藏羚羊迁徙的季节，每年都会有志愿者自发组成人墙，在青藏公路上拦住过往车辆让动物们安全先行。

与自然共生，与万物共处。

愿这个世界多一些善良真心的人。

走过青海：

天地间总有美好感化心灵

———

　　一向感觉在高原无比生猛的女汉子小江，这一次自我感觉狼狈至极。

　　不知道这一次为什么这么难受，难受到每拍一张照片都晕。控制不住身体自己就急着找赖以缓解症状的氧气瓶。

　　一切记忆都在高原反应中变得朦胧，好似梦境一般。小藏羚羊的眼神，如同眼里有一汪清泉的少女。和扎西告别时他的眼神，如此短暂的相遇，却有人与人之间最本真的信任。

我说我会回来，即使还会有高原反应。

我愿意拥抱和亲吻祖国这一片净土。

几代人用热血保卫了这里的生灵和土壤，它的美存在着圣洁和尊严。如今没有盗猎行为，没有扩张，没有人类垃圾和失衡。它保留了大自然原来的样子，这是上帝给人间的礼物最美好的样子。

只是在这最美的地方守护的也是最辛苦的人，他们的生活条件应该更好些，他们出去巡山的车辆设备应该更充足，医疗救助资源应该更好些，得到的关注应该更多。他们值得。

从可可西里的梦里醒来，却又不甘离开。

还在想念我的小羊儿，它们的人类爸爸也回县城了，它们这会儿是不是特别孤单？下一个爸爸是不是也会把它们裹在自己的棉衣里不忍它们受伤？

到达察尔汗盐湖。因为天空之镜一直是我的梦。这是我们这次可以到达的距离最近的地方。

如今这个盐湖已经被利用起来，盐场就在湖旁，我们在厂区的生活街上吃了顿晚餐等日落。团员开玩笑地说，这里的菜会不会特别咸呢……

没有遇见想象中的盐湖落日，遗憾是家常便饭。但以平常心去看待，这顿盐湖厂区的晚饭也不错，公益团的小伙伴们终于有时间坐在一起聊天，并且每个人都是生龙活虎的。在最后一丝光里进行创作，为这次青海之行增添了浪漫和圆满。

盐湖很美，至少有我想象中的静谧。

这是来自大自然的力量。我们永远无法超越它的神奇。

唯有敬重、感恩。谢谢天地间总有美好感化我们的心灵，陪伴我们一路成长。

生命中的很多不完美在大自然中总是能完美释然。

这使我格外迷恋来自自然的力量。

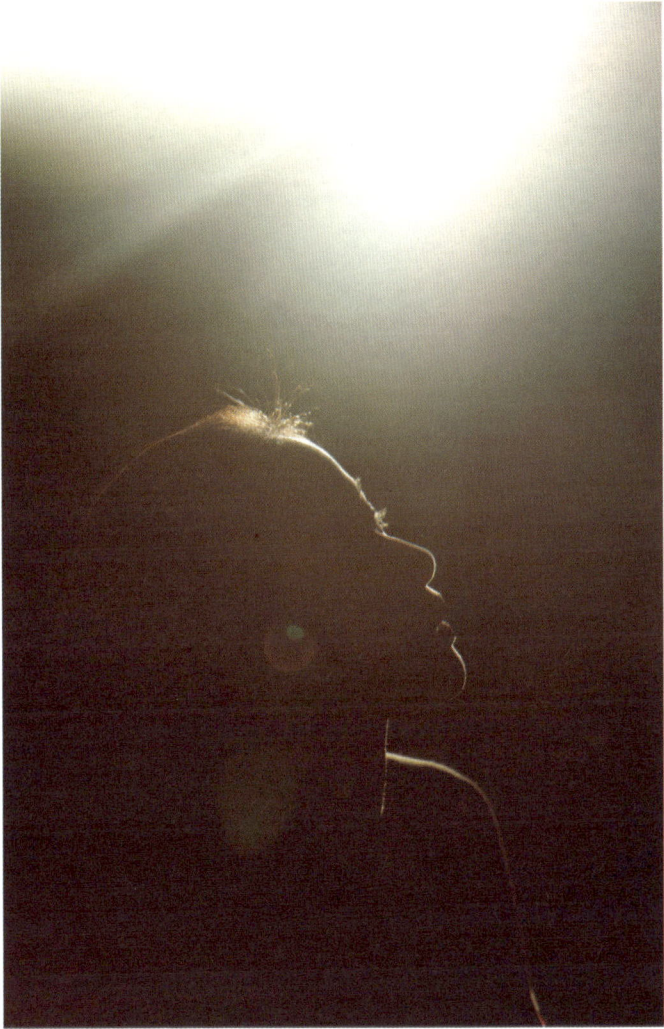

The sign reads:

YOU ARE ON THE
EQUATOR
OL PEJETA
CONSERVANCY
KENYA
Latitude 00°0'
Alt 5990FT
1826 M

非洲野生救援篇 ————————————

Stroll

在　　时　　光　　里　　流　　浪

第二部分

在 大自然，
我们才感知到 真正的天性

这世界

再没有"苏丹"了

露西突然发到非洲微信群一个消息，说苏丹可能不行了。

虽然从 2018 年见面时，保护区的负责人就说过苏丹也许只能活三个月。但是三个月过去了，我们没有听到任何坏消息，自那以后我就仿佛觉得苏丹不会离开了。

有一天在北京拥堵的街头，我突然想起苏丹，想要问露西苏丹的近况如何，第二天，露西就在群里告知大家这个伤心的消息。我想，我和苏丹是有感应的。

即便如此，听到消息的这一刻依然许久无声，然后是眼泪噼里啪啦如同南方 5 月的雨，忽地就失控了。

苏丹要被执行安乐死。为什么？这是不得已的决定，保护区的所有人已尽最大的努力保护它，让它在晚年有专人看护、陪伴，不会受到盗猎者的残害，保证得到最好的照顾。可是它已经太年迈了，腿部的伤让它无法行走。

我的吉他老师郝云说："听到'灭绝'这种词心里真难受。"是的，一个既遥远又如此真实的词，这一刻竟然就在眼前。它发生在我的朋友"苏丹"的身上。我该庆幸，我曾有机会拥抱它。它是庞大的，是宽厚的，也是脆弱而孤独的。

纵然无数次到过非洲，我对这片大地依然深深着迷。

这里有许多故事，也有属于我的故事。

写给苏丹的诗

————

亲爱的苏丹：

我回来非洲了，可这个世界再没有你。

你是我拥抱的第一头犀牛，也是这世界上最后一头雄性北方白犀牛。

你那么温柔，第一次，我听见你的呼吸。

我轻轻偷窥你的眼睛，不敢惊扰你憨憨地食草。

他们说你老了，可我觉得你那永远微笑的容颜，让见到你的人怦然心动。

世界在那一刻特别安静。因为你。

我很难过你的离开。

但我相信，哪怕只有一瞬间，我们彼此感应、心灵相通。

这个世界上不是只有人类。

因为有你们，才是完整的地球。

可是今天，我失去了你。

对不起，我没能陪你走最后一段路。

你已经无法前行，而爱你的人无能为力。

我想，我能继续为你做的，是竭尽所能保护你的同伴，不让它们死得如此痛苦，不让它们死得没有尊严！

苏丹，我就在非洲。

可是非洲没有你了……非洲大草原的色彩里永远少了你。

但 2018 年 3 月 20 日的夜空，多了一颗星。

那是，苏丹的眼睛。

小江

2018 年 3 月于非洲

野生救援日记

非洲 Day 1

清早打开便携水盆挂在便携衣架上，再把便携衣架挂在抽屉扣上（简直不能更聪明）开始泡脚。

昨日奔波二十多个小时，尽管汽车穿越赤道线，夜里的帐篷依旧寒气袭人。

喝一杯红茶，眺望帐篷外的非洲大地，平静的景象，如若内心。

慵懒的阳光渐渐从树干上显现出，从黑暗到光亮，每一刻都有不同的憧憬和喜悦。

远远地，有动物溜溜达达来饮水。歌唱了整夜的小鸟儿经过我门前，看着我，心里忽然不那么孤单。

同事有担忧，来非洲要打针吃药坐敞篷车靠近猛兽。其实，大自然很简单，动物也不可怕，比这更可怕的可能是人类……

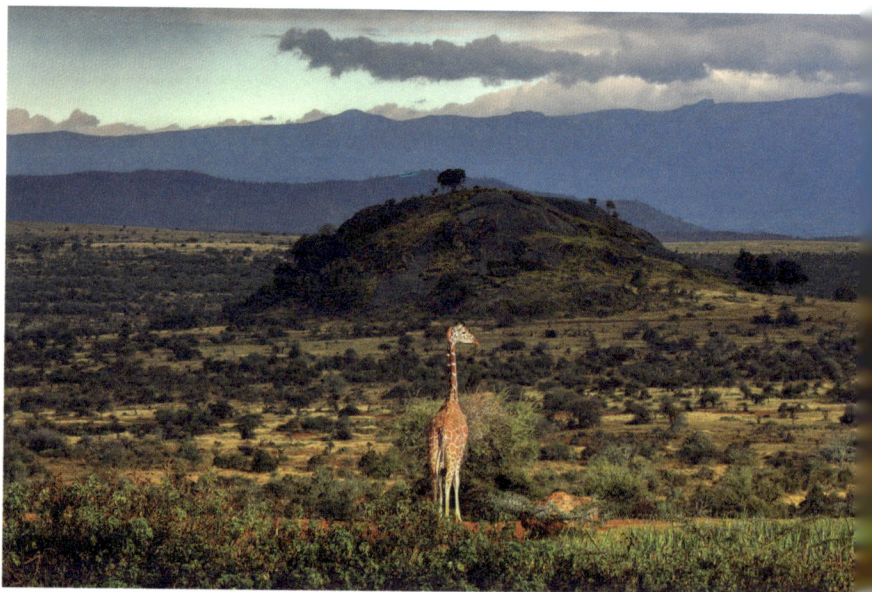

非洲 Day 2

从 Ol Pejeta Conservancy（奥帕佩杰塔自然保护区）到 Wildenstein's Ol Jogi Private Ranch WildLife Conservancy（威尔顿斯坦的奥·勒夫私人牧场野生生物保护区），空气越来越干燥。来非洲不到两天，人生第一次口腔溃疡，嘴角长出脓包。这对女艺人是何等残酷。

一路上的植被变化明显，动物的形态和花纹也不一样，比如有条纹更细的斑马和长得像芭蕾舞演员一般的小鹿，身材修长得让人嫉妒！

沿路有些小村庄，总是会看到各种色彩迎面而来，配合着非洲大地，好看极了！人们会毫不羞涩地和我们挥手，仿佛老朋友路过。有的一直笑，直到我们的车开过，扬起飞舞的沙尘，他们的笑脸才渐渐隐没。

我和"野生救援"的创始人彼得都不约而同地感叹：快乐！与都市迥然不同的快乐！

人们不需要很多钱，简单够生活，便会开心地舞蹈，享受音乐，

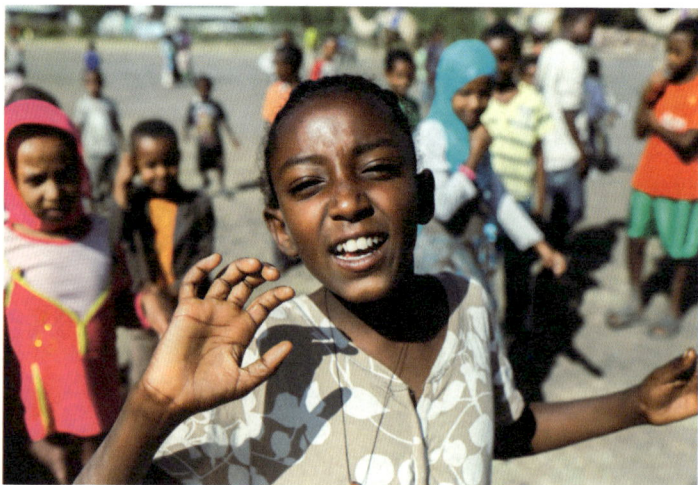

与大自然同频。是什么让我们心底的快乐变得很难？都市的我们
拥有的一定不少于他们，可是我们没有心情歌唱、舞蹈，停不下
来去感受一棵树、一朵花儿。

　　是什么让我们感觉很沉？就在到达的前两日，夜间的动物保
护区内发生了枪战。是什么引起战争？想来，不论国家之间的斗
争，人对自然的掠夺，都是因为欲望！

你们知道吗？在我们国家的中秋之夜，月圆团圆时刻却是这里保护区野生动物最危险的时刻。

因为盗猎者在圆月的光亮中更容易找到并残害它们！大部分的战略品主要贩卖到中国、越南，满足那里的欲望，形成高价的收买！我很难过。

非洲是我见过最宁静和谐的地方。

真希望它永远不因为人们的贪欲而被改变。

非洲 Day 3

清早醒来枪声不断，我的第一反应是：盗猎者又来了！心里的愤怒让我恨不得背上枪冲到前线。

在前一日的反盗猎行动中，我才第一次深入地认知这项任务的艰巨和问题的严重性。动物保护区的战士二十四小时都在待命，哪里有盗猎的枪声，不管什么时候他们都会立刻出发追寻。

尽管保护区的安保工作已经十分缜密，但对手的装置也很先进。所以在保护反盗猎的行动中，战士们也常常付出生命。

保护区的负责人J告诉我，他上小学的女儿都在被盗猎势力威胁，但他依然把更多时间用于守护这些濒临灭绝的野生动物，他说只有哪天盗猎停止了，他才能睡个好觉。

为了防止盗猎者入侵，保护区的战士需要尽快给白犀牛角装上探头，随时跟踪它们的行踪，一旦被盗猎，也可以更快地找到并解救它们。这个工作并不容易，因为犀牛是非常庞大的动物，它们不会轻易攻击人类，但一旦受到惊吓，它们就会冲撞而保护自己，因为它们的视力很弱，只能靠耳朵和嗅觉。

保护区工作人员的车前几日就被撞扁了，因为他们需要把一头顽皮的想冲出保护区的公犀牛赶回保护区内，不然它的处境会十分危险。

盗猎者为了获得品质更好的犀牛角或者象牙，会将整个角从底部挖出。为了活取以得到更好的色泽，有时候他们甚至砍掉动物的面部。动物被麻醉后可能会醒来，然后因为感染或者流血过多而极其痛苦地死去。

当我听到这些，想到与我嬉戏的可爱犀牛孤儿——"妹妹"，想到当它长大后美丽的角便会成为人类的目标，我感到恐惧！

祈祷它永远不会受到这样的伤害！祈祷这些家园的野生动物都能平等地在它们的领地里安然生存。

它们美丽的角是上苍造就的，是属于大自然的，是这个地球的礼物，不是让某一个人自私地拥有，不管是购买者还是盗猎者，都会因此而得到惩罚！

从现在起，我也将是野生动物保护的战士。

非洲 Day 4

　　每个白天我都觉得自己变黑了。每个黑夜经过不断的洗刷，才庆幸尘土里包裹的小脸蛋还是白白的。

　　彼得说要给我个惊喜！我就这样灰头土脸地颠到了 Ol Jogi（奥·勒夫）庄园。

　　我的个神啊！当我走进自己房间的时候，全然有一种灰姑娘

变身非洲皇后的刺激。我几乎是尖叫着走遍我的房间，然后，我迷路了。

非洲真的是个神奇的地方。它有太多漂亮的动物和酒店，酒店每一个都不同。有的在树上，有的像碉堡，有的独占一个山头没有一扇窗和门，就是这么自然霸气！

和狮子、大象咫尺之遥，甚至听着它们的吼声一夜，你难以想象，但这就是非洲，独一无二的非洲。

谢谢豪气的庄园主对"野生救援"的支持，让我度过了根本就睡不着的奢华一夜。动物们都在我的窗前喝水，所以我一夜都不拉窗帘。听说以前皮特和朱莉夫妇也常来这个酒店呢，我们住着同一间卧室。

世界是变化的，但相信爱会是永恒的信念。

非洲 Day 5

和彼得相识短短几天，他就要离开去刚果参加另一个野生救援项目的讨论。

这几日里，我们的沟通总是直抵人心，尽管我的英语没有那么好，但是相同的价值观和目标为我们建立了简单的通道。

他很像我的老师，朴实到看不出他身上承载着那么大的使命。他是智者，一言一行谦逊平和，做事却铿锵有力。

他执意要早上送我们去工作，分别的拥抱也简单干脆，我一时把想好的话都忘了，只是看着他什么都说不出来。这种感觉就像战友告别，我们都带着各自的使命和共同的目标分别，踏上各自的旅程。

这些日子，当他站在敞篷车上眺望非洲大地，当他举着话筒杆亲身参与纪录片的拍摄，我无数次安静地看着他，崇拜仰望，一个 60 岁的父亲般的伟岸。

颠簸的旅途没有了彼得温暖的笑脸，但我的感谢一直在。谢谢你建立"野生救援"，为这个世界做了那么好的事，谢谢你让我也参与其中真正地感受天地自然家园。

　　我会努力做更多，努力地保护，努力告诉更多的人，没有买卖，就没有杀害。对了，彼得，别忘记我跟你说的，只要你们需要，我永远是你们的义工！

Peter Knight（彼得·奈特）：
国际公益组织 WildAid（"野生救援"）创始人

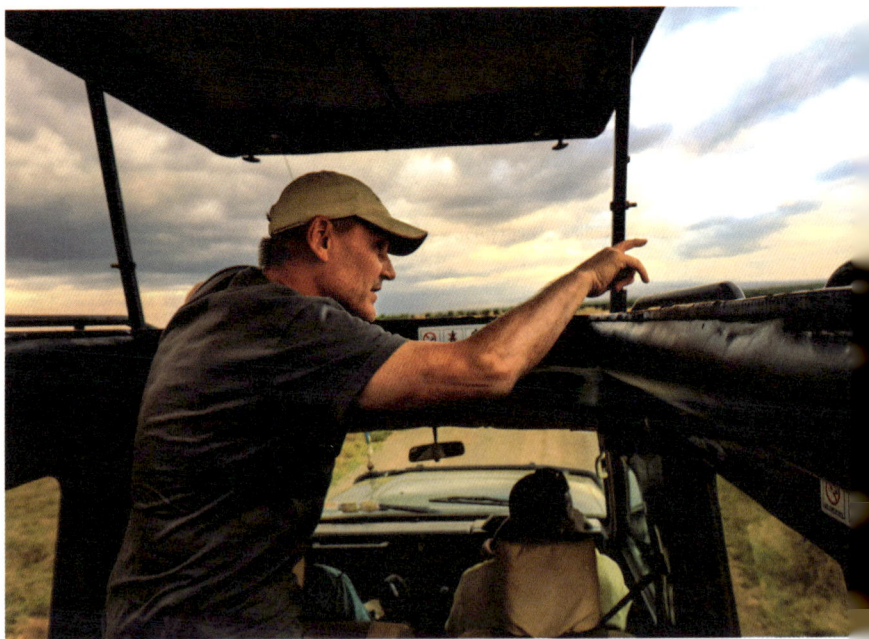

非洲 Day 6

　　吉米跟我说，如果这世界上现在有几十万、几百万的野生犀牛，也许我们可以再商议维持生态平衡的方法。可是现在，许多品种的犀牛即将在这个地球上灭绝了，人类为什么还没有警醒？

　　苏丹是这个世界上最后一头雄性北方白犀牛，它已经非常年

迈，工作人员说它最多只能活 12—24 个月了。我很幸运见到它，因为这个地球将再也没有苏丹了。而能活到 40 多岁并且"完好无损"的苏丹也是极其幸运的。

在因盗猎死亡的犀牛墓地中，我见到了很多苏丹的"家人"。它们有的与我同年，有的才三四岁，它们没有那么幸运。在短短几年的时间里，一个被严格保护的动物保护区依然有十几头犀牛被盗猎者杀害，而其他更多地方我们不得而知……

这是我人生中第一次近距离地感受犀牛，有时候安安静静地看着它，你感觉到它的庞大并不可怕，它也愿意被爱抚和疼惜，在它又憨又萌的外表之下是极其没有防备的内心。在野外，当我们找到犀牛时，它也会呆呆地看着我们，像个外星生物，可爱至极。然后，它突然掉头钻进树林里。

也许人们给它们太多伤害的记忆，每一头被盗猎的犀牛，几乎是半张脸都被砍下，以方便取走完整的犀牛角。它们此刻安静地躺在墓地里，它们的痛苦会不会消失？这将是动物和人类之间永恒的距离。

在不久的将来，这个世界上不会再有一种犀牛叫北方白犀牛

了。保护区的工作人员说，他们还在和时间赛跑，希望苏丹在离
开之前，能和另外两头仅存的母犀牛人工培育下一代，为这个地
球保留下这个犀牛的品种。但是很难……很难……

再见，苏丹。

非洲 Day 7

这几日照顾我们吃饭的布莱克妈妈和厨师是受到保护区的资助得以上学的人，毕业以后他们带着学到的技能又回到保护区，为这里的人们服务。这种循环多么美妙啊！

如果说公益之路有所求，这便是所求。得知我要帮助这里的孩子修建两所学校，布莱克妈妈热泪盈眶要拥抱我。这感谢比她拿到个人的酬劳都浓烈得多。

非洲儿童的教育问题确实也是全世界关注的。不得不说，他们这里比我所去过的偏远山区的教学环境还要恶劣很多。一些没有修复的学校都是茅草棚，也没有水源和食物，比我们能想象到的生存环境还要艰苦。

我印象很深，有几个小孩一直拉着我的手臂。我问他们名字、年龄，他们很害羞，一句不答，可是过一会儿，他们把我的手掌贴在自己脸上，把脑袋钻进我的臂弯，整个小身体依偎在我的怀里。

那个时刻，只想静静地抚摸他们的小脸庞、满头可爱的小辫子。那个时刻，我们的内心如此柔软又那么靠近。

　　情感是这个世界上特别奇妙的东西。不论人与人之间、人与动物之间，即使没有交流，即使语言完全不相同，但情感碰触的瞬间，能融解这世界一切的不同。

非洲 Day 8

清早起来准备洗漱，一拉开窗帘，天哪，满目非洲朝霞！立刻拿起器材一顿狂拍。又准备去洗漱，天哪，来了一群小野猪啃草！每个母猪妈妈都带着一个自己的小猪，小鸟、小野鸡也不断来凑热闹，场面实在太欢乐了！自己内心不由得愉悦爆棚，看着这静美的非洲大地，还会有什么烦恼和放不下呢？最多也就是抱歉一直没时间洗脸。

非洲确实是个净化心灵的神奇土地。怪不得很多人都描述，这是上苍留给人间最为洁净之地。许多人对非洲有误解。当然我

认为，在城市和草原，好人和坏人，都是形形色色的。但我数十次的非洲之旅，有坐车十几小时的经历，有住在最简易的帐篷的经历，从没有感觉危险和不安。非洲需要亲身感受，比传言更需要体验。而能得到对生命的启示，对自然万物之爱，远远超越人们所描述的恐惧。

也许，只有自己亲身感受过，才会懂得这无法形容之美！才会更珍惜自然和生命，会放下那些所谓的渺小的困惑，会对大自然有更多的使命。

非洲，谢谢你让我变得不同。谢谢你给予我的一切。

ROYAL MARA，

我非洲的家

北半球的夏天已至，地处南半球部分的非洲进入冬季。

这里的冬并不是很冷，进入旱季，是看动物大迁徙的最佳时刻，也是我最爱的非洲时节。

其实，我对非洲的爱是时时刻刻的。

今年跟着"野生救援"到非洲还去了一个念念不忘的地方，在那里度过了与河马共眠的两晚。

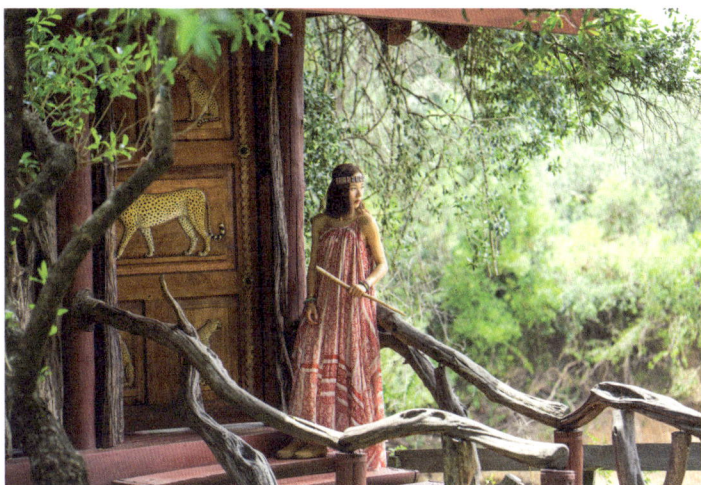

　　直升机降落在酒店的大草坪，好喝的果汁便从满面笑容的黑人的手中（大白牙儿）递到了嘴边儿。

　　进入酒店的大堂，满目非洲图腾，将人带入一个野奢的森林秘境。

　　说起河马，我还是有些胆怯的，曾经在《我是爬行者小江》中写过，一个南非小姐在一次探险中被河马咬伤了腿。我也在一次夜间的野外遇到过河马迎面走来，黑乎乎的一团，彼此都被吓

到了。黑暗中互视了几秒（其实都只看到了对方的朦胧身影），
然后各自踮脚撤退，各自回家。

　　安然散去，虚惊了一场。

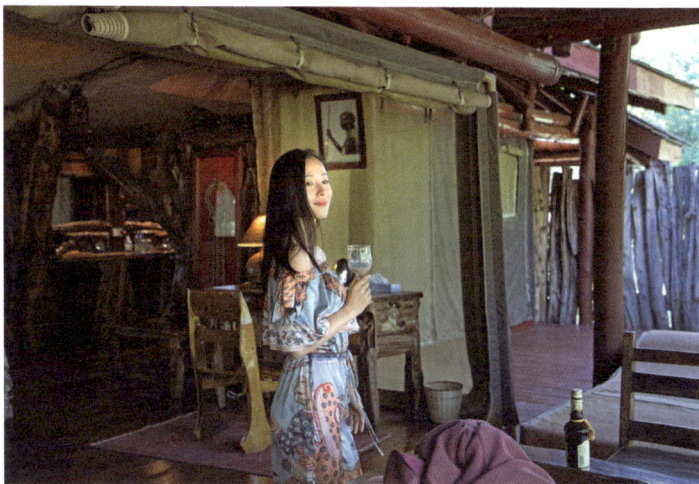

其实很多时候，动物真的不会主动攻击人类，除非是它受到惊吓、自卫或是饿凶了，但这种情况并不常见。

所以，真正的非洲比我想象的更加平和、美妙。

从我的小木屋俯看马拉河，这里是一个河马的大家园。它们在这儿实在太惬意啦，半夜的呼噜声仿佛会与你同眠。实在太热的时候，它们会潜入河中，露出一点点脑袋和背脊，那样子实在憨萌，让我觉得看一下午也看不够。

有时候看着看着，听着听着，我也会睡着。

在非洲，可以浑然忘记什么叫烦心事，世事喧嚣都与你无关，眼前只有大自然、精灵们和香甜的梦。

不夸张地说，在这里没有千篇一律，这里的酒店每一个都会令你脑洞大开。

怪不得这里的艺术创作，不管是音乐、舞蹈、手工、建筑，

都如此生动。因为灵感随同天地,辽阔无边,思绪如同动物们一样,自由驰骋,无拘无束才可以打破常规。

你的睡床上雕刻着花豹、猛狮,你坐的椅子也是一根大木头变成一个动物怀抱着你的身体,这些栩栩如生的形象让你的心时刻与大自然共舞。

所以呀,在这里的每一刻,我都是醉的,也完全不愿意醒来。

　　酒店经理说，嗯，你要是真的喜欢，可以带回中国。我的天啊，开玩笑吧！这些珍贵的木材雕刻都是无价之宝，是非洲的艺术家们的天然杰作，这些手工打造的家具也成为这个酒店的必住理由。

　　在这里，同事们每天都有各种偶遇。鑫总说刚刚有头野生大鹿吻了他一下，萌姑娘说她门前的小野猪跪着吃草（科普一下，是因为脖子太短）。摄影师每天都在感叹"天哪"。

　　更令人幸福的是这里唯一的中国员工居然让我们在马拉河边的烛光晚餐上吃上了他亲手做的东北凉拌菜！哈哈，这组合太奇妙啦！

　　星空、圆月、草原和河马的呼噜。

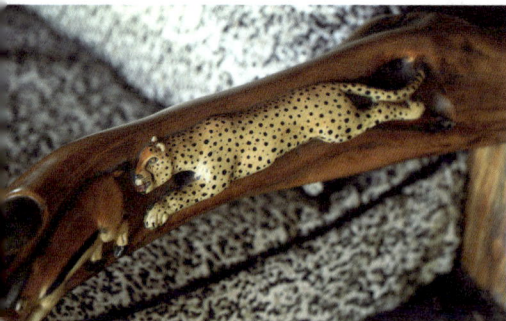

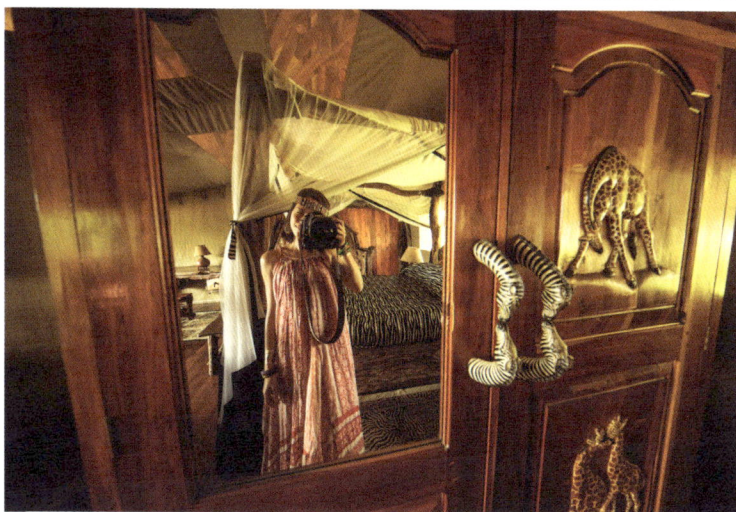

无与伦比的时光。

如果你欣赏够了酒店的美景（N 天后）还可以坐着马赛人的敞篷车去找狮子、大象……在特别神美的大树下拍张酷酷的写真（别怕，你可以下车，在没有狮子的地方）。

或者去马赛部落看他们的歌舞，外加女士们最喜欢的购物环节（不得不说，这些手工作品太赞啦，准备好麻布袋）。

这大概是我见过的最原始的"购物商店"，村民用木板搭建了一个圆形的大木屋，四面是通透的，每个卖家都趴在与自己的饰品相呼应的木板外，透过木板光影招呼你看他的手工。

由于反复逛了太多圈，（注意！是圆形的商店）直到逛晕了由村长结算。外面的村民热情地拥抱了我，吻我，有的直接从自己的手上取下手镯给我戴上，也许是我带动了消费（剁手党），也许这就是他们质朴的感谢方式。分别时还真的有点难舍。

直到带着一大包饰品从非洲运回中国，有的已经成为我日常的配饰，有的挂在我的新家。那个圆形的"商场"和热情的村民卖家，依然历历在目。

可爱又温暖，简单又天然，这就是非洲。

非洲的好是说不尽的。

我只会责怪自己常常被美到词穷，根本无法描绘出真正的非洲大地。

它是如此神奇，永远令人神往。

哦，对了，住了两晚的酒店叫"皇家马拉"。如果你去非洲，别忘了感受一下那些让我咬牙切齿想搬回国的"马拉河木屋"吧！

坦桑尼亚的春天

北京—坦桑尼亚

从北京出发乘坐被誉为"全球空中服务最好"的卡塔尔航空，经过九个小时抵达卡塔尔的首都多哈转机，巨大的艺术雕塑和蓝棕色的皮质公共座位很具艺术感。从多哈到乞力马扎罗国际机场大约飞行六小时，落地便置身非洲大地。

如果你来过几次非洲，你会闻得出这片土地的独特味道，你会知道，这就是非洲！浓烈的、炙热的，无论是天空、植物，还是你一眼见到的笑容灿烂的人们，都属于独特的非洲。

机场很小，进门需先填入境表格。倘若看不懂英文单子也不用担心，会有黑人先生主动帮你填写，给他一美元感谢就好了。

当然，同伴们互抄的时候还是要区分一下，比如大亮先生抄着我的表格就直接把自己划分到了"female（女性）"……

在这里，工作人员对中国人都非常友好，还特别给了优先窗口（他们当然完全不知道我是谁……）。因为许多非洲人都说，中国人是我们的朋友！

同伴说，少有感觉在外国如此受喜欢和尊重。是的，这就是非洲！这里的人们质朴、感恩。他们尊重天地，也尊重人。

虽是雨季的非洲，但午后时分，从北京穿来的秋裤着实令人无法忍受，落地先换衣，再换钱。当地的先令妙趣横生，每一款都印有野生动物头像，我换了狮子、犀牛和大象，最惊喜的是 10 美元换了 2 万多先令，瞬间觉得富甲一方！

当晚入住 Legendary Lodge（传奇小屋酒店），一个在咖啡农场的庄园酒店，整个酒店隐蔽在郁郁葱葱的热带花园中。这个庄园酒店亲切随意，如同一位老朋友温暖的拥抱，让舟车劳顿的疲惫一扫而空。和陪同我们工作的非洲妹妹一起晚餐，她的笑声爽朗豪迈（男同事形容为魔性）。她的快乐扑面而来。

如果你要选择一杯美酒，请记得尝一尝我的最爱——大象果果酒，你的心会随着曼妙的韵律沉醉于这片自然的芬芳之中。

酒店的房间美极了，每一件家具都是手工艺术品。无论来多少次非洲，鲜少遇见雷同的，所以每一次都会惊叹，每一件都想搬回中国。这也是非洲酒店的奇妙，他们会创造独属于自己的特色，完全不需要模仿。

　　有一次在马赛马拉的一家酒店，大堂木雕的椅子做成了马赛姑娘和小伙的形状，你坐在那里就好像被拥抱着一般，因为这件艺术品，我一直对这家酒店念念不忘。

　　最完美的奢华即是独一无二，非洲拥有无限的创造力，是大

自然赋予人们的灵感。

　　我们在鸟儿的音乐声中醒来，和吃着青草的小鹿一起吃早茶，我们把心和身体交给大自然，开始新的一天。

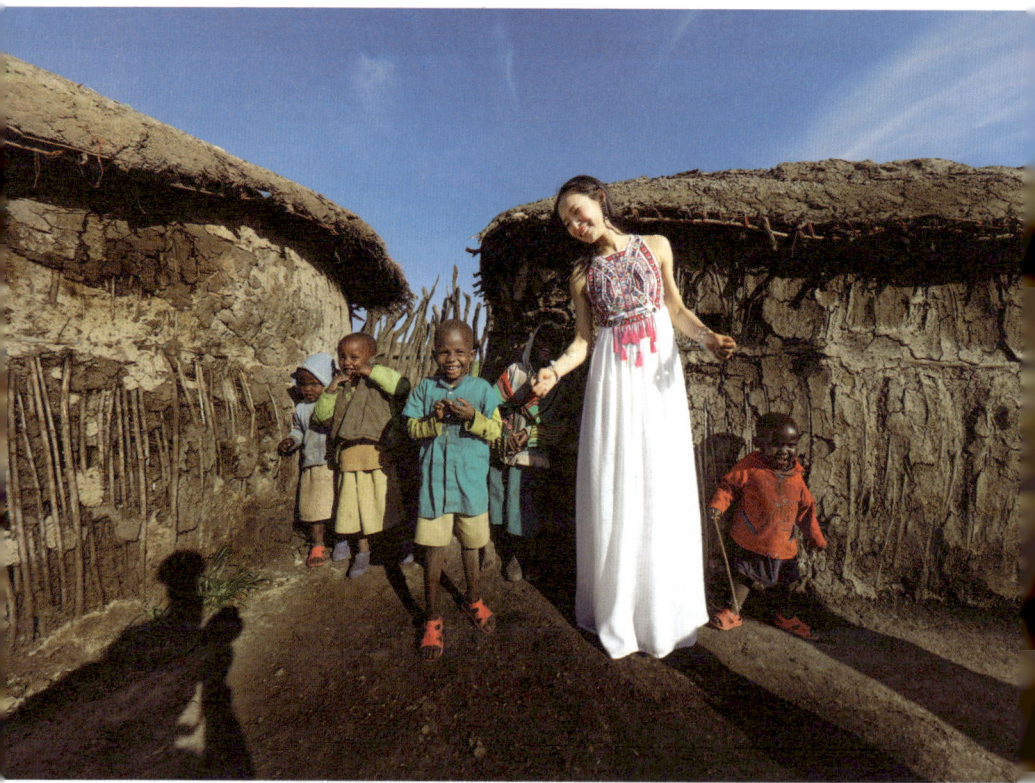

一想到你啊，
就让我快乐

———————

我爱非洲。

旅行者的心是漂泊的，但你真的爱上这个地方，心就会停下来。

团队乘坐小型飞机飞往恩戈罗恩戈罗火山口，那是世界上最大的塌陷火山盆地，火山口内生活着成千上万的野生动物。

飞行节省了许多路上的时间。不过若是选择汽车，沿途也有许多有趣的景致。你会看到当地的小镇、居民，你会被五彩缤纷的颜色美晕。你可以停车买硕大的牛油果，如果幸运，还可以去当地的周末集市淘到很多新奇宝贝。当然，要付出的代价是长长的颠簸。

飞行40多分钟，就到达了恩戈罗恩戈罗火山口酒店。这个团队被称为非洲最好的团队，而在未来的两天，我完全被感动到哭。来非洲那么多次，见过那么多，我以为自己是个老司机了，可还是忍不住。

也许，这个世界上最难抗拒的东西就是发自内心的真诚。

在非洲，歌唱舞蹈是他们特别欢迎宾客的方式，然后有黑人服务生会为你准备好擦手毛巾、当地饮料（Passion fruit juice 百香果果汁是我的最爱）。基本上他们一高兴就唱歌，有音乐就舞蹈。别害羞，下车先来上一段，你们便相识了。

房间小木屋还原了非洲土著的泥巴墙，外表颜色和大地相近，里面却像是欧洲宫廷的复古奢华，小小的阳台上一眼就能看到延续亿万年的火山壮观景象。在非洲生活了 10 多年的非洲通尤尼斯姐姐说，在这里你躺在床上喝着早茶看火山，什么烦恼都没有了。小花盛开的季节，第一次觉得火山也可以如此温柔甜美啊！

下午参观原始部落马赛村（如果你去非洲记得带一些中国的风油精之类的药品给他们）。

很神奇，一直担忧的蒙蒙细雨居然在我们到达的时候便晴空万里，非洲是爱我的，就像我爱它一样！

最真诚的东西，
也是最无法抗拒的

———————

放飞自我，放飞非洲。

尤尼斯说要给我们惊喜。实际上，在这里的每一天都惊喜太多，以至于我们有点伤感了。

我说，太美好的东西总是让人害怕失去。非洲就是这样。每一天都在梦里醒来，每一幕都好似布景。

我们坐在落日时分的静谧角落，是酒店专门为我们准备的，喝着香槟看着夕阳将火山口染红。那一刻，大自然是最美妙的电影，变幻无穷。大自然的声音是最神奇的配乐，娓娓动听。

只想安安静静地将自己融于天地，化为一粒小沙、一朵小花……

回到房间有水温正好的泡澡水，浴缸里满是鲜花。有生好火的壁炉，和开着电热毯的暖暖的床。非洲像一个大男孩，它的温暖体恤让你无法抗拒。

　　太多人对非洲有误解，其实，非洲是这样的非洲！我该怎么让你们知道它有多美好！

　　大亮说，在电视里、在书本里看到过无数次非洲，可是这一次当一切真实地摆在眼前时，却是如此不真实！他一直惊叹，不

管看到原野中自由的大象，还是成群的斑马、"北京瘫"的母狮。

我一直说：嘘，不要打扰大自然，在这里，它们才是主人。

如果说白天的烈日和尘土让你觉得自己野性得像一个马赛公主，那晚上就是真正的非洲女皇了！无法用言语形容铺满一地鲜花的晚宴。在当地民间艺术家的歌舞中，我们再一次放飞自我，放飞非洲。

如果说这个世界上最浪漫的地方，一定是非洲！

如果这一生必须要到的地方，一定是非洲！

我愿做你坚定的守护者，守护这世界上最后一片净土。

塞伦盖蒂大草原，
我们来了

第一次真正到非洲的小伙伴都会惊呼：天哪！非洲是这样的非洲，和我们想象的、听到的截然不同！我说：是啊，昨天还有一个导演朋友给我留言：到非洲了？佩服！那语气里着实让人感觉非洲遥不可及，陌生，危险。不不不，也许非洲也像人们常常听到对别人的评价一样。

只有你自己亲身感受的，才是真实的，才有资格评论。

其实很多年以来，非洲都是欧洲人的后花园，它美得让许多人不愿意过度宣传。确实，这片土地绝对不能过度开发、过多打扰，只有这样，这里才可以被称为这个地球上最后的净土。

即使是来到这里的人们，也要充分尊重自然，爱护野生动物和居住者，而不是因自己的无知破坏这里的和谐。非洲属于懂得美好的人。

白色的小飞机带我们落地塞伦盖蒂，酒店的工作人员早已在这里迎接我们，到了大草原上先喝一杯他们准备好的香槟果汁，这几乎是每一个非洲酒店的特色，形式雷同，但内容又别具一格。

刚拿起酒杯又停下来拍拍拍，因为饮料瓶口的小纱布盖镶着一圈马赛珠，可以作为装饰的马赛项圈此刻是圈放杯子的垫子，在绿色的大草原中，有这些美丽的色彩点缀，真是妙趣横生。

他们怎么可以把服务做得如此细致，把每一个小情趣都把握得让你惊叹，我想，只有真正慢下来，去懂得生活，才可以这样浪漫。

非洲的浪漫源于天地，更源于真正生活在这里、爱这片自然的人们！

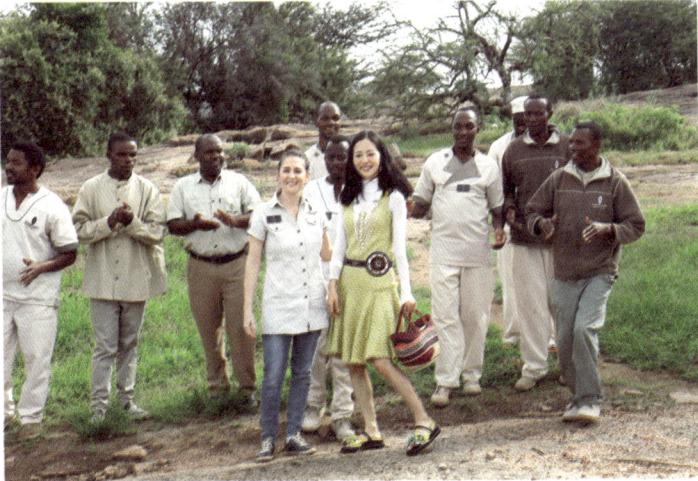

　　酒店的经理是一对白人夫妇，他们刚刚在这里有了自己的孩子，6 个月大。选择在保护区生活和工作的人，无论是本土员工还是西方人，都牺牲了很多。远离家人，远离丰富的物质生活和娱乐设施。在荒野中冒着各种被蚊虫叮咬、野兽毒虫袭击的风险，忍受孤独寂寞，是因为对大自然之美的热爱，对天地之灵的敬畏。

　　有句话，是酒店经理 Van 的原话：Let nature to be nature.（让自然成为真正的自然。）

选择留在这里的人是守护者。他们很了不起。

塞伦盖蒂大草原，这里是摄影师的天堂，我们来了！

在草原上住帐篷酒店就是最妙的五星级！小巧精致，依然有让你甘拜下风的各种手工细节。

如果幸运，你会遇见狮子或其他野兽的光临，和它们隔着帐篷布同眠。而我们这一次，就是这样幸运！别害怕，只要你认真遵守当地工作人员的要求，是刺激又安全的。

不管多么偏远的酒店，都会有自己的"小卖部"。每一家的东西都不同。这也成为小伙伴们欢乐的瞬间。马赛男士的车轮凉拖、回收铁皮的手工小汽车、各种珠串的小饰品，以及动物形状的餐具，都让人爱不释手。

强大的中国旅行团所到之处总是一扫而空。

走过那么多地方，

但只有一个地方真正属于你

————

我们遇到角马和斑马迁徙的队伍！浩浩荡荡，在这里天地属于它们，我们只是小小的旁观者。也有很多自以为是的到访者并不懂非洲，问为什么要跑那么远来看动物？

他们的心里只有人，只有自我没有天地。

非洲会吸引相同灵魂的人。

角马迁徙渡河，堪称世界奇观。当它们为了生存奋力往前冲，

不惧在马拉河中张着大嘴的鳄鱼，不惧河边的崖石，千军万马踏起尘土飞扬。

只有一个信念：往前走，活下去！这何尝不是一种生命的勇气？

我们在一旁的人类，那一刻只有感叹自己的渺小，悄悄落泪……

很遗憾，受到全球气候的影响，大迁徙这几年发生的变化很大。国际游客追捧的"天国之渡"发生地马赛马拉，因为马拉河上游的水源地周围的森林被大片砍伐，种植小麦修建水坝，森林所剩无几，马拉河的水流已经下降到历史最低点。2017 年的渡河

在很多过河点都变成了蹚河。

一旦马拉河断流，整个马赛马拉的生态系统就会被破坏，草原边缘沙化，周边人口剧增。大迁徙的奇观，特别是渡河的规模和数量，都越来越难以维持。这一奇观也许在不久之后即将不复存在。

我的敞篷车司机跟我说，如果你们有时间，还可以安排早晨在迁徙的角马群中和它们一起早餐，一起迎接太阳升起。

很遗憾凌晨 3 点起床却没有坐成热气球，但一路上看见动物们夜行，鬣狗刚刚捕杀了羚羊，角马群在黑夜变成一排发光的夜灯，司机说要送给我一只非洲小野兔，然后从黑夜迎接大草原上一点点升起的太阳。

这一天小伙伴们第一次看见花豹，草原上的三只公狮兄弟，最后的三只草原野狗，可是没有看见犀牛。

黄昏，在亿万年的岩石上，我们为苏丹做了告别祈祷。

这一日的夕阳真美，让我格外想念苏丹。

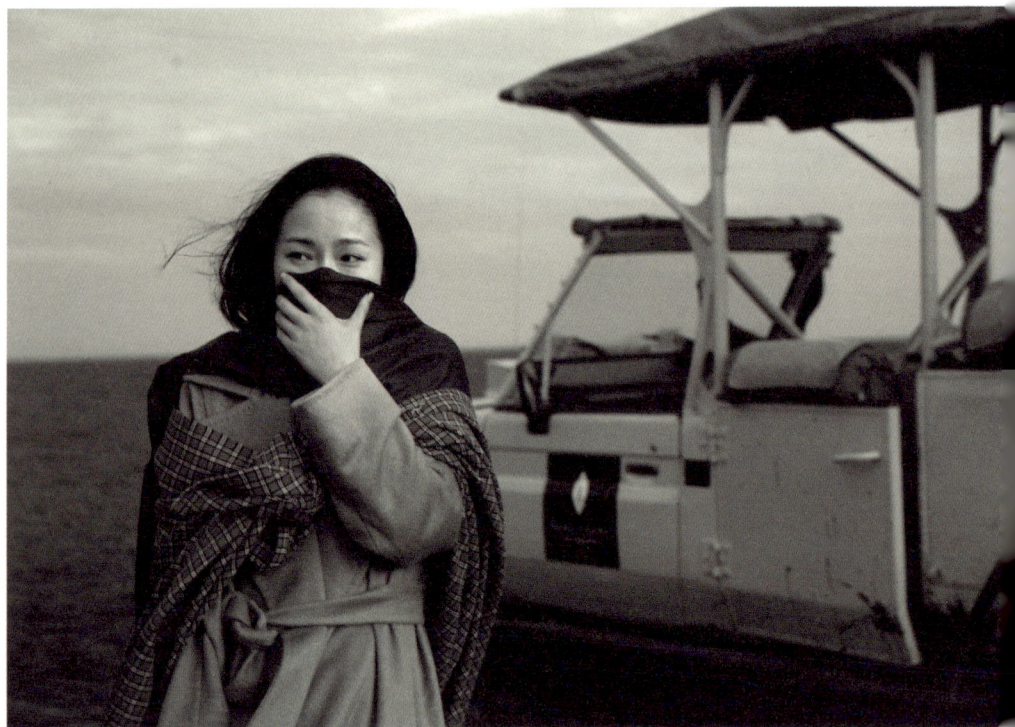

当我再次回到非洲大地时，苏丹刚刚离去。

给苏丹的祈祷词：

苏丹是这个世界上最后一头雄性北方白犀牛。它在 2018 年 3 月 20 日离开了非洲，离开了这个地球。

我们失去它也意味着这个物种永远在这个地球上消失了。

苏丹是幸运的，因为它很完整地离开这个世界。但它也是很孤独的，因为它的大部分伙伴都是被盗猎者杀害的。它们失去了自己身上最宝贵的东西——犀牛角，同时死得极其痛苦、没有尊严。

今天我们在非洲，我相信真正来非洲感受非洲的人都会爱上这里。这才是非洲！说它美好的很大一部分原因就是这里的野生动物与天地和谐共处，才让我们觉得这里是真正的自然，是人类的净土。

但是大家这一路其实看到的大象、犀牛、火烈鸟并不多，气候环境、土地资源以及人为的猎杀都使得我们在渐渐失去它们。我记得有一个朋友说，不希望以后只能在书本上、在纪录片里看这些珍贵的动物。

我想大家这一次来，也能通过自己的媒介让更多的人知道我们不能失去这些可爱的生灵，我们每个人都有责任拒绝买卖，保护它们！

今天我们一起为非洲大地的苏丹祈福，也祈祷更多的珍贵野生动物不会被人类的欲望而残害。

我们一起为苏丹祈祷。

真正的爱和尊重，
源自内心深处

在我们营地的姐妹酒店，有一位神秘的男子独住在这里，让大家异常好奇。这一天我们一队人坐一架能载十几人的飞机准备离开，而他一个人独自先飞也坐同样的飞机。大家都说好酷，好奢侈，然后在他起飞时吃了一嘴的土。

其实我只是羡慕他的生活方式。有多少已经成功的人根本放不下，也享受不到这样的天地自由。后来听说他是一个有名的作家（好奇的赞那度瑛姐专门在谷歌上查了人家），也是酒店的常客，每次都是一个人来、一个人走。

　　自由的灵魂，也许就是懂得的人在非洲向往和寻找的。可以享受沉默，可以尽情狂欢，只要一切是发自内心的，又何必在意别人怎么活？

　　这一天早晨，我们在姐妹营地的小山顶上看日出。一杯暖暖的早茶，弹一曲快乐的尤克里里，还有什么不能在大自然中释然。我享受到这个世界最美的景，我也看过了所有善良的笑容，即使要面对离别，心里也没有遗憾。

　　这个现代非洲风的帐篷营地在月底就要跟动物一起迁徙到西部了，动物去哪里，它就去哪里。我和酒店经理杰克逊说：

　　"等我来追你们，我一定还会回来！"

　　我悄悄和尤尼斯说这个酒店名字我不分享，这是我的安静空间，是我以后一个人回来的地方。杰克逊把马赛风格的窗帘绑带送给我，这是酒店特别定做的，正好还可以挂在我腰上当腰带。手中的信物，心里的承诺，愿此生还会遇见。

　　离开塞伦盖蒂大草原，每个人都是伤感的。

　　非洲是一本读不完的书，每一页都如此精彩。

我们在旅途中走散

我知道，我们都是属于大自然的。

所以对属于都市特有的烦琐，我们的单纯不堪一击。

朋友说，你真傻，你怎么可以这么傻。

因为，我是大自然里的野姑娘啊！

我才不屑这些所谓的理性。

与世无争的人，又怎么会算得清世俗的伎俩。

其实，是我们从来都不愿意这么想。

我们都愿意相信，一切都是为了更加善良。

人生的快乐是输赢吗？

不是。

是真心。

所以如果我们走散了，我不遗憾。

我们在彼此的灵魂里，

占有最重要的一席。

所以，我们的字典里没有"强求"。

对于天地，对于美好，对于爱，我们从来相同。

我们都不爱计算，也不懂得那烦琐的算计。

我们属于大自然。

一切都顺其自然。

包括爱。

即使我们走散了，我们的灵魂还在天地间。

保有自尊。

梦中的心愿

———

从草原来到东非印度洋上的桑给巴尔岛，搭乘轻型小飞机约两小时二十分钟，这是我第一次在非洲见到海。

也是此行的一个愿望。

听说过很多桑给巴尔岛的故事，比如这里曾经是贩卖黑奴的港口。"桑给巴尔"在阿拉伯语中的意思是"黑人海岸"。

比如石头城围墙曾经四十分钟就被敌国攻占。桑给巴尔岛的岛花是丁香，这里也是东非香料主产区。

一路上遇见中国曾经援建的筒子楼，好似回到 20 世纪七八十年代的中国，在现在的中国已经鲜少见到，但这里的中国筒子楼依然居住着许多岛民。

中国驻坦桑尼亚的医疗队让我们亲切地看到写着中文的横幅，是帮助，是爱。

我们在凯越桑给巴尔酒店入住，据说这是卡塔尔王子开的酒店，可爱的瑛姐又激动地问："王子在家吗？"拉开窗帘即是印度洋，沙滩上的黑人小伙会冲你的窗口抛来飞吻，白色的阿拉伯大帆船徐徐而来，带着蔚蓝色的梦……

下午来到当地的社区小学，第一次用英文给孩子上了一堂音乐课，孩子们的当地歌舞表演精彩极了，听说表演的服装都是社区妈妈们特别制作的，用作道具的伞也是从每家借来演出用的！因为我们的到来，他们像准备盛宴一样欢迎。

在非洲，孩子们可以享受五年义务教育，但实际上能完成的学生很少。很多偏远地区依然有很多没有接受过任何义务教育的

孩子。根据岛上的习俗，居民可以娶四个妻子，不允许堕胎，所以每家都有很多孩子，基本上一个家庭最多保证两个孩子受教育。

学校的课程很丰富，分为上午班和下午班，这样设置是因为年龄稍大一点的孩子早上要在家里先做农活，下午才能再来上课。孩子们的热情是他们的天性，他们喜欢你就跟着你。他们看得懂你的喜欢。这是无须语言沟通的心灵之桥的力量。

　　我总是觉得天地、动物、孩子都拥有最简单的特性。小小的学校有 1000 多个孩子，大部分教室没有课桌，孩子们只能坐在地上上课。由于岛上一年四季都很炎热，教室里也没有风扇，只能靠无玻璃的窗户通风，一节课下来我已满头大汗。

　　听说过一个桑给巴尔岛的笑话，由于这里常年 30 多摄氏度，偶尔有几天降温，岛民们纷纷抱怨："太冷了，今天才 28 摄氏度，冻得我都穿上毛衣了！"

　　爬行者公益团和我一起，将为孩子们买课桌椅、学习用具，我答应孩子们有机会放我的电影给他们看。

　　希望全世界的孩子都可以快乐健康地长大！

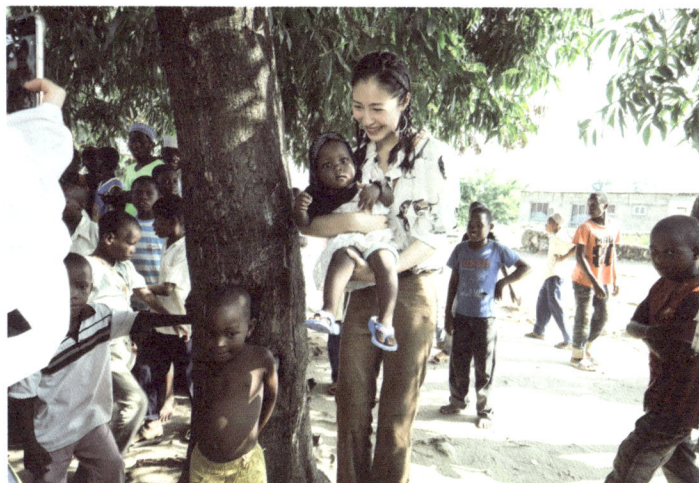

你让我相信，

美好一直存在——非洲的海

驱车前往桑给巴尔岛最南端，这里被称为"海豚湾"。在桑给巴尔岛旅行其实很随意，享受非洲的海，去当地的夜市吃海鲜，在古老的石头城感受历史。

在这里别忘了购物，因为可以买到最丰富的非洲手工制品。Tinga Tinga（廷加廷加）的发明最早是当地人突发奇想，用剩余的自行车黄油在布上作画，当地的老人称之为"美好的故事"。他们会把草原、动物都画在布上。

　　岛上最大的猴面包树树龄不详，有说几十岁，也有说几百岁，黑人小伙一不留神就爬到树上，给我指巨大的黑蜘蛛让我看。

　　原来，非洲的海如此美。当海豚在海面上嬉戏，我便疯了一样地一头扎进水里去追它们。这体验太妙了，从草原驱车找狮子、豹子，到印度洋里寻海豚，这种野性又亲密的接触让心和身体都融化在自然之中。

由于是第一次，没有做好足够的准备，租来的潜水镜不合适，喝了几口咸到无法形容的海水，尽管这样，我还是一次次跳进水里，只为了和海豚一起畅游印度洋。我们在一起，我们共同拥有这片海洋。

中午去大家说的网红餐厅 The Rock（石头餐厅）吃午餐，去的时候是步行，吃完饭就必须坐船回来。因为涨潮。海鲜好吃，音乐好听，浪漫的心又忍不住舞动起来。

在非洲，所有的天性都是自由的。此行最后一个落日，我们

迎来赞那度特别安排的海上帆船游。黄昏时刻，温度适宜，帆船甲板上的微风让人不由得仰起头，听海浪，感受风。

世界在心里变宁静了，无论周围有多少跳海嬉闹的孩子，多么热情的复活节狂欢，他们都慢慢失焦。听见自己的每一次呼吸，感受自己的每一次心跳。大自然教会我们专注，在静默中体悟生命的意义。也许旅行结束，我们依然要面对许多繁杂的事，要解决困境。但在这一段旅程中，感受天地，认知自我，我们依然相信美好存在，还有什么不能前行。

谢谢美丽的非洲，无论是草原还是海洋，你们都给予我勇气。

告别

———

"不惜歌者苦，但伤知音稀。"

我不敢拥抱，我怕眼泪失控。

我笑得那么快乐，却不及你们简单。

这个世界有一片草原，在我心中，是永恒的辽阔。

也许有一天我失去你，那我的灵魂也会随你。

可爱的小斑马，我曾经拍过你孤独的身影。黄昏中的你好美，只有小鸟儿陪着你，我觉得我也似你一般。

夜空的星，你们能否听见我的心声？

如果必须要离开，我不愿你看到我落泪。

我愿把最美好的笑容，留给你。

Forever.（永远。）

心灵家园篇 ————————————————

Stroll

在　　　　时　　　　光　　　　里　　　　**流　　　　浪**

第三部分

我的全部 野心，

就是 自由的生活

小夫妻

1.

有一个女朋友，

她有一家小公司和一个温暖的小家。

日子看起来清风拂面，

如她一般自在。

有一天他们去旅行，

听说飞去了很远的地方。

再之后她就走了，

没什么理由，

也不惊天动地。

从此搬到他们旅行的地方，

非洲，马达加斯加。

然后很多年我都没有她的消息。

说来奇怪，

我还是常常会想起她，

会站在原地构想她全新的生活。

不可思议的东西很多，

以及那个可以陪着她说走就走的老公。

2.

离开是一件简单的事吗？

或者说全然面对新的开始，

一段恋情、一份工作、一个地方。

很多时候我们的厌倦是无力的，

而心中的向往又如梦似幻般不可触及。

大部分时间里，

我们在音乐、书籍、电影中寻找着释然，

抚慰心中的不安，

努力打破沉闷的一成不变。

生活还是需要点激动、新鲜。

想要前行，保持自由依然无畏。

要感受生活，

而不是被生活吞没。

3.

我曾经爱极了一个草原深处的旅店。

想要努力工作，

以后在那里隐世生活。

我想要找到自己真正喜欢的方式表达自我，

而不是学着大家接受的方式说话。

我不再愿意妥协，

因为爱而忘了自我。

很多人说，你活成了我们想要的样子。

其实，我依然想活得更像我自己。

如空中的飞鸟，

无畏地展翅。

不在乎云层之下的眼光，

也不怕被迷雾包裹。

让高傲的理想伸展着所有的触觉，

让灵魂醒着。

会潸然泪下，

会欣喜欢笑，

无所伪装。

也许可以平凡得像那对远行的小夫妻，

在平凡的世界里，

不凡地活着。

路过苏黎世

我常常会想，真正的旅行是什么样子？

无论是工作还是匆忙而行的旅程，心中难免生出遗憾。

下一次可不可以不只是路过？

我想住下来，去看看这个城市菜市场的样子，

我想坐在街巷中，和邻居好好聊聊天，

我想在周末的古玩市场淘些这个城市的老物件，就像曾住在这里一样。

我想看孩子们在城市之间玩耍，孕妇们在草坪上练习瑜伽，自行车和有轨电车在古老与现代间穿行，当地的面包有什么不一样的香味？

怪不得有人问过我：如果你不是现在的你，你期望怎样的人生？

旅居作家，我毫不犹豫地回答。

苏黎世的夜晚在镜头中呈现着一幕幕电影般的画面，平静的画面下孕育的故事正在发生。匆匆夜归的少女，是否正奔向某一盏未熄灭的灯？沉静的黑皮沙发，古老而深邃，多少人曾经在它的怀抱里，经历着自己的故事。

住进一个旧工厂改造的酒店，斑驳的历史痕迹被保留下来，现代的布置不乏舒适感，坐在大客厅，仿佛还能看见一代代工人穿梭忙碌于此的掠影。有历史的建筑生动迷人，拥有不可替代的神韵。

最特别的是酒店的屋顶温泉，传统的屋顶阳台用密布的水管改造成温泉，边泡温泉边俯瞰整个城市的光景，听远处教堂的钟声，落日余晖，让人不舍时光。

离开的那天，起得很早，一个人去看还未醒来的城市。

公园里有人晨跑，百年大树耸入云霄，毫不低调地展现它经历过的岁月。也许是清晨第一趟有轨电车，等待的人们开始奔跑，开始新一天的故事。

在苏黎世只是路过一天，却想停下来。

浪漫的土耳其

在浪漫的土耳其没有看到热气球。遗憾和幸福都是并列存在的。

就好像没有结局的童话故事,期待着圆梦却不再有相同的开始。

过去了就是过去了。

擦身而过也就永远错过。

我们只能期许人生中依然有美景将至。等待,哪怕下一站也有遗憾。

　　终是人生，自有阴晴圆缺、爱恨离愁。

　　所以我的土耳其只那一瞬孤独地坐在曾经避难的洞穴处，遥望这片奇特大地，耳畔伊斯兰教祷告乐响彻小镇，空灵而凄长。

　　那时，我闻到一丝浪漫。

　　是心底里的安然自得。

　　原来，最美的风景始终隐匿于心。是不卑，不怒，不恼，不念，无视时光和环境扰动，如同旷野上自在而生的岩石，高傲地向着天空，自由屹立。

　　只留给人们惊叹和震撼。

　　土耳其的猫，美食，眺望大海的奥斯曼宫殿，神秘的蓝色清真寺，在地中海冬季的寒风中，依然有诉说，有释然，有随时光远去的缠绵。

一条印有
动物头像的围巾

和朋友逛街时，偶然看到橱柜上摆着几条围巾，黑色的纯棉质感，十分温柔，增添了人与物之间的亲近。

凡是带给我们喜乐关怀的事物，都是值得感恩的。我们会对家中盛放的鲜花说声谢谢，感谢它们的美，给生活缤纷的色彩。我们会拥抱公园的大树，它们都是生命的长者，历尽变迁，依然平静自若。每棵我遇见过的大树，都有我对它们说过的悄悄话。

如果围巾只是纯黑色，我大概欢喜，却不一定要带它回家，但素色的围巾底部，分别印上了狮子、大象的头像，一下子就变得生动有趣起来。我和朋友当即一人买了一条，准备让这份温柔相伴一辈子。

日本有一位女作家在书里面写过：你要带一件物品回家，一定要确定会喜欢它一辈子。因此我现在每每添置物品时，必然要和自己内心确认。环保、收纳也是对生命中每每出现和相拥的人与物的一份尊重。

对于有动物花纹的物品，我向来没有抵抗力，朋友和我一样喜欢非洲、尊重动物。这两条围巾自然就成了心头爱。我们在谁买狮子头像、谁买大象头像这件事上各有小私心，因为当然都喜欢，这可怎么办？

最后我们以各自的性情和平地分配了这两条围巾。大象比较萌，归属于我，狮子比较猛，挺像我这位朋友。不过我们也约定好可以定期交换。买回家后的一段时间，每周我都戴这条新欢喜，简单时尚又保护颈部。唉，岁月自知，秋裤、围巾这类物品还是要老老实实备好。

因为这条印有动物头像的新围巾，我和朋友也时常会聊起人

与动物。许多人热爱动物，人们会绘画动物的形态、设计动物的图案、会写唱给大自然的歌、孩子们会捏动物形状的泥塑。生活中也会时常看见与动物有关的物件，以至于我总是常常控制不住自己的喜欢，仿若家里有它们相伴，这便是自然。有自然就有自由。

花香是天然的，阳光是无限的。青草在微风中如同大自然的垫子，柔软而清香。你就这样四仰八叉地睡着了，如同大自然中的狮子，豪迈地张着爪子，和万物说你好啊！

你的睡梦中是自然的芬芳和安宁，有时候你听见猛兽的鼾声，你只管睡，因为它比你睡得更香。你们在一起，互不干扰。大草原上的万物，是一剂良药，有着最没有副作用的治愈功效！

我始终记得带朋友到真正的非洲大草原，当车开进保护区，那是坦桑尼亚的雨季，大自然是郁郁葱葱的。当时我们看到一头野生大象，它就站在面包树旁——悠然地啃着它的美食，看着它的美景。

一树一物，好像大自然就是应该这样创造它们，并且也与人们和谐地在一起。朋友揉了揉眼睛："天哪，这是一幅田园画吗？"她问我，然后又自言自语，"不不不，这一切都是真的！我曾经看过很多动物的书籍、电视纪录片，也去过很多次动物园，可今天，当我见到真正的、在大自然里的它们，我惊得无语，无法形容！"

是的，这就是非洲，是我最爱的非洲。其实我特别骄傲，让更多的人喜欢这里。一个个无窗的敞篷车里，都是摄影师、写作者，他们初次与真正的大自然和野生动物相见，每个人都不由自主地屏住呼吸，甚至热泪盈眶！

他们就像我一样：在这里，会有眼泪掉下来，自己却浑然不知。那种感动，特别幸福，这里的自由、野性、真实、触觉，不是在动物园里、不是在电视上，也不是多少书和文字可以描绘的，只有你真正来过非洲你才会了解，在这片自然世界，动物身上还有很多人们失去的东西：

它们尊重规则，信守情义；

它们的情感有时候比人类更加丰盈；

它们是造物主最美好的一笔，

和大自然，浑然天成。

"一燕！有几个非洲老华侨被抓了，他们贩卖动物器官！"
这是前几天出现在新闻里的国际事件，这让我想起我曾看过的一
部纪录片——一个女偷猎者毫不动容地说："我毫不同情它们，
它们是大自然的杀手。"那一刻，她面无表情。但当她站在死去
的庞大的大象妈妈身旁，大象的整个头都被砍掉了，那时候她的
难过让她浑身颤抖。

原来也有很多像我们一样"热爱动物"的人，但他们的方式
是残忍地将它们杀掉、牟利、炫耀。这极其恐怖，当你越了解，
你越感到震惊。

在十年前我初次来非洲时，在我单纯地拍摄着大自然和这些
热带动物美妙的风景片时，我从未想过，也许十几年后，这个世
界就将再也没有非洲野生象、北方白犀牛，然后是狮子、豹子、
长颈鹿等等。

如果这个世界上再没有野生动物，只剩下人类，那我想有一
天，人类终会因为自己的贪婪而灭绝。我们不惜一切代价地毁灭，
即使是怀孕的犀牛妈妈，即使是刚长出一点点象牙的小象，整个
族群，无一放过，只为了它们身上的器官。很多人的喜欢，都是

带着动物们的一部分身体作为炫耀，摆在家中。

当然，我们毁灭的不仅是这些原本自由的野生动物，当今人类还在破坏我们的环境、生态，全球气温一再升高。

2018 年 2 月，美国北部的极寒天气已经超过了南极温度，极端气候加剧、极端灾害加剧，人们也在失去家园的宜居度。今日或未来，是和我们每一个人都息息相关的。

只为自己的私欲或者小家庭无尽的自私，却忽略了我们共同的命运，这何尝不是一种愚昧？

每 15 分钟就有一头野生大象被盗猎者杀害，每一年就有几千甚至几万头犀牛被盗猎分子砍掉面部。这些血淋淋的器官被雕刻、被低价贩卖、被当作神药，无知的背后更是无尽的贪婪，是对大自然、对这个地球丧心病狂的掠夺和迫害。

何止是这些野生动物？在非洲，每年有许许多多的野生动物保护战士同样死于盗猎分子的枪口，甚至是同样残忍的方式。

看着眼前这条黑色的围巾，是源于对大自然的欢喜，是愿意尊重和我们一样被创造和安排在这个地球的美丽生命。

我们的喜欢应该是保护、创造、共生共荣，不是让这个地球只剩下人类，孤独而残忍地活着。

到目前为止，除了盗猎者的枪口，人类对土地的过度开发、人口密度的增长，都导致了野生动物失去家园，无处求生……最后一片人与野生动物共同的家园——非洲，岌岌可危。

是不是很多年后，我只能指着这些美丽图案，指着这条印有动物头像的黑色围巾，告诉我的子孙后代：

"瞧，曾经这些野生动物，我是亲眼看见过的，在那片美丽的非洲大草原，它们就在那儿。"

如果我有一支
优美的笔

如果我有一支优美的笔，

我便愿意多写字。

如果我有一根温柔的皮筋，

扎起马尾才是一日之始。

雨停了，彩虹才愿意娇羞登场，

心诚了，自有一片姻缘。

万物都有自己的脾气和规则，

就像真正安静下来，才能笔下生花。

"生出一朵喇叭花！"

（母后大人口头禅。）

我们走得很远，
还记得自己最初的模样吗？

走进群山环绕、宛若世外桃源的斯宅，江南的小雨将歇，漫步在始建于明清、至今留存完好的院落巷陌间，恍若有琅琅书声萦绕。晴耕雨读、男耕女织造就了江南自古以来的书香与富庶。

斯宅最声名远播的是千柱屋，由 1000 多根柱子、8 个四合院、10 个大天井、36 个小天井组成，是清嘉庆年间当地巨富斯元儒建造的巨宅。各院之间以檐廊连接，相对独立又互不隔离。穿梭于千柱屋，便可体会到"晴不见日，雨不湿鞋"的建筑之妙。正

厅天井照墙上的《百马图》气势磅礴、神形毕肖，是罕见的砖雕珍品。

斯元儒还曾捐银千万以赈灾民，又出千金建考场，注重教育，善举颇多，在离千柱屋不远的山石上有道光皇帝旨准建造的"乐善好施坊"，誉之"活十万户饥民不让义田种德，庇廿四乡学士允称广厦树功"，实在为富有仁，使得斯宅这个小村落人才辈出。至今，千柱屋仍住着几十户斯姓后裔，怡然自得、质朴好客……

比千柱屋更让人留恋的是后山中的斯家私塾。沿着鹅卵石小径直行，途经茂密的百年古树群，静谧的笔峰书院蓦然出现在眼前。想来古人真的浪漫，静坐于此读书赋诗，眺望逶迤群山，鸟语花香、心旷神怡，若时间充裕，多希望驻足停留于此啊！

我本是生于斯长于斯的江南姑娘，难得回到江南温润的乡间，斯宅的小桥流水、古树书舍、飞檐青瓦……正是我儿时的记忆。

也仿佛读懂了张爱玲一路寻胡兰成未果，却流连于斯宅写下的文字，淳朴乡间潺潺的溪水、袅袅的炊烟也许能抚慰动荡年代里一位柔弱女子坚韧的内心吧。

群山外的世间已然翻天覆地、高楼耸立、车流不息，只有这里，还完整留存着几百年前的宅邸院落、晨钟暮鼓，甚至是生活方式。这不正是我梦中江南的模样吗？

我知道，我会走得很远，走得很久，与我爱的故乡终将渐行渐远，我们都将愈走愈远，愈走愈久，与生命中的美好逐一告别。

路过俄罗斯

飞机上的俄罗斯空姐不苟言笑。

我从上飞机就感到了一种冰冷的距离。大概这就是寒带的特质，不是天生一股子热情劲儿。

而飞机快落地时，空姐突然走到我身边蹲下在我耳边轻轻说了一句：You are so beautiful！（你真的好漂亮！）

那一刻，感觉整个机舱都被暖化了。

忽然也很羞愧！为何本能地以一种自我主观就去界定一个人？

人与人、事与事本不相同。

我的慢热不也常常被陌生人窃窃私语为高傲冷漠……这样想来，我们判断人、界定事需要更全面，才不会产生误解。

而当误解一旦出现时，别忘记这一句：You are so beautiful！（你真的好漂亮！）

与其愤怒，不如更努力正面地看这个世界。

其实美好也很简单啊！

你给予的爱，
终将变成一片草原

我打开了一间营地帐篷的门帘，奶黄色帐布与午后草原的温柔光束拥抱着两个从广西大山深处远道而来的女孩。

此刻，她们看起来如天使般纯净。

时间静止了几秒钟。

一个女孩突然反应过来，一头扑进我怀里。在成年人的世界，这干净且毫无杂质的信任能撼动每一丝触觉。

　　常常有人问我为什么做这件事，我想，是我不忍辜负。

　　"小江老师，我好想你！"说完，泪珠也落入我怀中。如果说，钻石是这个世界上最昂贵的礼物，那在我心里，此刻孩子们想念的眼泪，便是无价的钻石。

　　所以，不舍放手。

　　"我们两年没有见面了。"她清楚地记得。很多时候，我们都会被对方的记忆惊呆。"我记得你啊，你不就是我当年拍照片坐在最后一排角落里小小班的那个女孩吗？！"她惊讶地张大嘴："啊！小江老师你记得，你记得我！"然后兴奋地又喊又跳，跑远了又回眸……就这样傻傻笑了一路。

　　我们的快乐回荡在空气中，久久不散。我真的是个记性很差的人。这一方面，自认是先天有一些缺陷。可是很多和他们在一起的细小瞬间，却记忆犹新。是啊，有两年了。感动和惭愧让我的情绪也差点漫溢。我不是个很坚强的人，但心中许诺不轻易在孩子们面前流泪，要做他们正能量的小江老师！

　　我们不是相见了吗？我们要一起在大草原上度过一个难忘的

夏令营呢！

　　我帮女孩们打开帐篷的窗帘，大自然的芬芳随着草原的微风在帐篷暖暖的空间里弥漫。小窗外是巍峨远山、烂漫野花、湛蓝自由的天空，云卷云舒间是上帝笔下的奇妙云朵……而我从孩子们眨动的双眸中，看到我自己。是那个十几年前的自己。原来，在你们眼中，小江老师从未改变。

　　望着一个个轻盈自在的小身影在蓝天白云和帐篷之间穿行，大地变得越发可爱。

　　一切美得不真实，可我们的心却真实得无法言语。

　　你给予的爱，终将变成一片草原。

孩子们的家

2015 年，两个人找到我。一个是卡桥小学的带班老师，一个是弄结屯的村民。

他们同时找到我说了同一件事。

"我们需要幼儿园！"

和他们一拍即合不是我的冲动，虽然感性本是我的职业特性。

2007 年当我来到这里，我们把图书分发到最偏僻的山村，用了几年的时间去改变父母不让孩子进学校的观念。

大部分父母最初只是觉得孩子读书作用不大，浪费时间，不如做个干农活的帮手，反正他们对孩子的将来也从未有过多的期许。

这几年，教育观念改变了。学校的条件一年比一年好。营养午餐比家里的饭更有营养。很多学校的学生从一百多个到四五百个，校舍不断扩建。

但实际上，需要解决的问题还有，孩子们是否真心喜欢学习、适应学习、拥有坚持学习的能力？

很多孩子读到四五年级就辍学了。坚持到初中的也迫不及待想出去打工或者嫁人。

这中间也有我们原本信心满满要培养的孩子。

听到谁又放弃了，心里真难过。

我们试图找到原因。信息时代的诱惑，来自家庭的压力，对未来没有抱希望。

还有很多孩子，因为学习基础很差，无法适应繁重的学习压力，产生自卑从而厌学。

　　其实这也是一个比较普遍的现象，山区孩子没有太多的兴趣
课程培养，并不是他们不够优秀，很多孩子学习不好但是有着特
殊的天赋，只是不能被发现和重视，因为文化成绩基础差的自卑
而和大部分山村的年轻人一样匆匆而盲目地去城市成为最底层的
打工者。

　　他们还没能想到那么远。这条路如此长，一旦选择，未来需
要如何摆脱和改变？

　　"我希望我们村子的孩子会不一样，我觉得他们都很优秀，他们需要平等的机会学习，而不是进入学校就落下很多，比别人差！"

　　罗清华老师是一名从广东回来的打工者。我相信他的经历坎坷波折。他是个好人，好村民。因为他回来，一心想改变他出生的乡村。那一年我被他邀请，第一次来到弄结屯，山路非常难走。

　　"小的孩子太小了，没法走路几小时去学校蹭哥哥姐姐的课。"

　　想起那时候我支教的学校班里都是人满为患，甚至还有狗狗。每个人身边都带着自己的弟弟妹妹，吃饭的时候也是自己一口，给小的一口。

场面很壮观，我总是手舞足蹈地为了让那些根本听不懂普通话的小孩也知道我在说什么。

如果和城里的独生子女比，真觉得那时候山里的小娃娃太苦了。看见弄结屯的很多小娃娃光着屁股就坐在自家门口，手里捏着各种脏乎乎的东西就往嘴里放，瞪着眼睛一脸呆萌，其实，很心疼。

年迈的爷爷奶奶在山里干活，父母都在城市打工，他们是生下来就被忽略的一群孩子。我完全理解罗老师希望我帮他的原因，他真的不希望这里的孩子将来和他一样，他说自己吃的苦太多了。罗老师写了很多歌，他唱给我听。歌声里是他眷恋的村寨和无尽的梦想。他眼中有泪光。

通过我们多年的山村实践，发现没有任何学龄前教育的山区幼儿无法适应九年义务教育，这也是一部分孩子始终厌学和辍学的原因之一。

我和书记说，这就是我为什么坚持帮他们做幼儿园的原因。因为在我支教的那些日子，学校的小幼班是一个完全额外的班级，有的校长心善，收留了这群由哥哥姐姐带来的孩子，他们蹭吃一

点哥哥姐姐的营养午餐，上课蹲在哥哥姐姐的课桌边，卫生、营养、学龄前教育都得不到保障。

　　学校若是考虑到安全问题拒绝这些孩子来，那意味着在哥哥姐姐上学的时候，他们无人看管，没有学习，进入小学连普通话

都不会，当然跟不上。其实在起点上，他们就落下了很多，但他们并不差。

从第一块砖瓦，到第一桶油漆、小床、黑板，两所幼儿园的建设得到很多爱心人士的帮助。我说其中一所应该是全中国明星参与捐赠最多的幼儿园，20多位明星好友，有的买电视，有的负责买课桌，幼儿园就像一个在希望中呱呱落地的婴儿，被很多人的爱温暖而睁开了双眼看着这个世界。哦，对了，孩子们还有一个叫"我们来了"的水窖呢！

在良好的陪伴和教育之下，孩子们个个聪明懂事。两个幼儿园今年都两岁了。老师们就像他们的爸爸妈妈。

　　孩子们拉着我的手参观每一层楼、每一个教室，我感觉到他们真心的快乐、骄傲和自信。

　　还有，他们小小的家园，真美！

花先

花先是参加过爬行者公益团夏令营的孩子。

他去过北京。

我对她有印象是因为整理照片的时候，画面里的她都笑得格外开心。她不掩饰自己，未有自卑生命给予的不完美。我依然能清楚地记得她住在旅社的哪个房间，记得哪张照片里有她。

我和大杨老师一致认为她是最美好的宝贝。她的美是勇敢，

是快乐而坚韧，也感染着我们的内心。如同在山中见到隐匿石头缝中生出的小花。她的名字叫——花先。

大杨老师说，我带你去看看花先的家吧。我想象着，是不是有一片美丽的田园？因为她总是那么灿烂。

花先并不知道我们要来家访。但进屋的时候更加意外的似乎是我。有几秒钟，我的沉默无法言喻。

花先的爸爸妈妈带着弟弟妹妹在外地打工。

她不知道什么时候他们会盖新房子，但她相信爸爸会攒够钱。

因为奶奶眼睛不好，几乎看不见，要等她每个周末放学回家收拾屋子。

有时候，周末她也要和弟弟一起去帮奶奶放羊，因为不想让年迈的奶奶那么辛苦。

只要回家，照顾奶奶、弟弟和这个家都是花先的责任。

家里很黑，她蹲在地上给全家人做吃的。

她把夏令营的奖状、纪念卡都放在家里最显眼的位置，小心翼翼。

家里有两张床，但因为冷，他们挤在一起睡。

"我们在家的时候，奶奶会觉得吵，可是我们去上学了，奶奶又很孤单。"

她总是像个小大人一样。

"妈妈说玩游戏不好，同学们都在玩，但我只用手机给他们打电话。我从来没有玩，我不让妈妈失望。"

花先说最想买的是洗衣机和冰箱。

我们买了花先晒的豆子，给她留了钱。

老师们商量之后决定帮学生们在义卖店出售家里的农副产品，通过售卖的方式帮助他们的家庭拥有更多收入。

花先，你的名字特别美。

我说。

你特别美。

无论别人说什么，记得老师们是你身后最支持你的人。

真的无法形容这一路上遇见的山里孩子有多么懂事。

无论多么艰难，他们总是不卑不亢。

让我只想看着他们，是崇敬，是感动，是眼神中无穷无尽的爱意。

十岁的蒙锦波会默默地帮老师们做好周末的饭菜；

小兰起床就背着小竹篓在雨中拔自己种下的青菜；

我曾经的小跟班蒙桂祥承担着照顾一家人的责任；

念小学的蓝胜在家独自带三四岁的弟弟妹妹，路滑就背着弟弟走。

寒门出孝子，白屋出公卿。

也愿更多的爱守护这些懂事的孩子。

　　PS（又及）：爬行者公益团爱心义卖站是为孩子们的手作、农作物提供义卖的平台，用于助学贫困学子。

修行

――

　　直到现在，也会常常想起在北极极地地区的日子。一片无人
雪域，在孤零零的小木屋里，听着唯一能收到的电台广播，喝着
热奶茶，窗外如同外星球般孤冷凄美，但内心的幸福感强烈至极。

　　因为屋里那么温暖，世界那么宁静。把自带的泡菜从玻璃罐
里取出一点来就着面条，瞬间变为人间美味。所以说，有时候拥
有的东西越少，幸福感也越清晰。记忆里那种香味一直都在。

　　偶尔也会想起，当直升机飞翔在火山上空，那热滚滚的气流

扑面而来，飞机立刻就会发出警报声。也许下一秒就要面对死亡。但在那样的时刻，我看见自己对生死的无畏，勇敢得仿佛另一个女孩。

对于自我的认知和对于生命的认知是在这一次又一次的探索中渐渐清晰的。

在城市里，我是一个连看到小毛毛虫都会被吓傻的"独生女"。在大自然中，我是幻想可以为保护爱人而打败野兽的勇士。

天地给予我很宽广的爱，对于一花一木我都敬畏相惜。而生活中我也只是个平凡人，有时候一个小细节也纠结得放不下。所以不断地修行、远行，去真正地感悟了然。

其实，每个人都一样。

生命给我们的礼物在不同的时期是不一样的，有的是苦味的，有的是香甜的，但不管它给予你的是什么，你都要勇敢接受，因为，这就是生命此刻要你体会的滋味。

也许有时候我们很悲观，但我们又必须充满期待。你一定要相信有属于你的那一日、那个人……正款款而来。

　　"你遇到的每个人都经历着你所不知的战斗。请心存善意，直至永远。"

——挪威电视剧《羞耻》

再见，流浪的女孩

如果可以和那个时候的她再相遇，我多么希望她就是这样，就这样就好，并不需要为谁改变，并不需要妥协，虽然我知道那时候她还是希望自己会变得更好。

也许，在生命的每个阶段，我们都并未真正意识到这就是此刻最好的自己。至少，在完美主义的世界里没有。

可是当你回头看，今天的你，能够得心应手地处理纷扰世事，可以掌控自己的情绪，会和这个世界交流。可是你的感性就快要睡着了。

也许你已经练就了那个时候她最羡慕的本领，冷静处理各种破事，不需要宣泄，面对不完美的世界也可以保持沉默。

可是，突然很想念她。

再见，女孩。

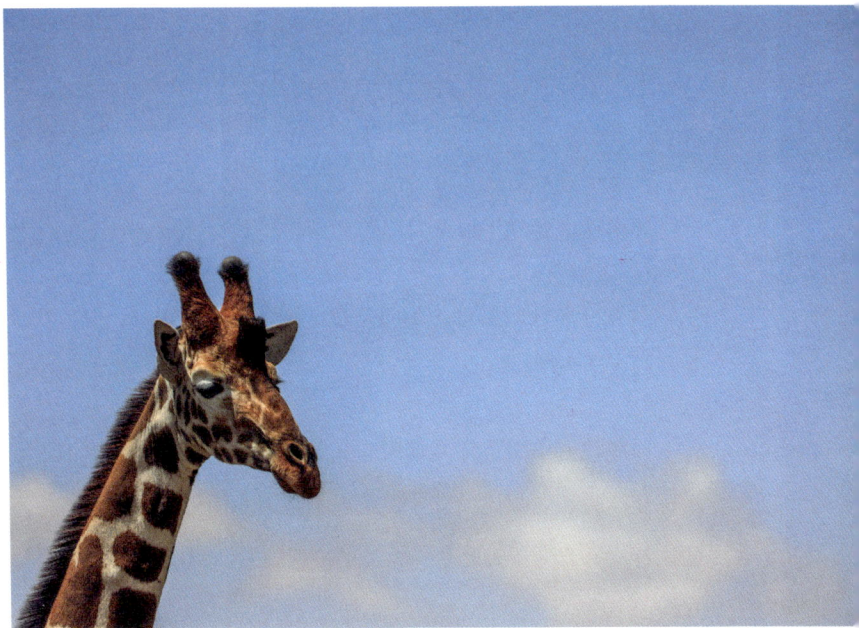

处女座小江的家园

不务正业地花了 6 年时间跨界做建筑。

有些许意外的是这小小的梦想一举拿下包括建筑、室内和景观在内三项大奖。

时间没有浪费，那几根因为完美而新生的白头发，也饱含了历练和体验。老师说没有什么结果不是因为因果。如果对一件事的执着，努力到让人感动，大都是接近如愿。

不过执也不是魔，很多时候执到头便也是该放下的时候。因为是处女座执了好些年，真正完美时才了悟，完美不过是空相。

对于家的意义，似乎也随着这些执着的时光变化着，几年前的我说，我想有一个家，想住在大自然里！一个家应该拥有天空、流水、植物、动物，是在落雪的季节，雪飘进家中；是抬头就能看见天空；是不被关在四面玻璃的浴室里淋浴；是和那些姿态万千的树木共居一室。

可以躺在阳台上看见星星和月亮，有大大的壁炉和家人一起取暖烤地瓜，壁炉是最接近大自然的颜色。自己画图设计床，用木头做床架，白色的柔软纱幔微垂，仿佛可以感受到大自然的风，透过阳光吹进房间，在夏夜里轻轻飘浮。

茶台的灯映衬在水面上，便成了一轮水中月。楼梯的正中是孩子的画，彩色的世界在军绿色的墙体前格外醒目。

几年前妈妈曾惴惴不安地说："天哪！谁的家会是深绿色的？"现在每当斑驳的光影在屋内流动，整个空间传递着一种美妙的自然能量。

一切都如我爱的大自然，一切都如想象中的样子。

六年时光，当这个梦做完了，成功了，其实我在家里的时间也少了。

因为真正的自然正危机四伏！

冥冥中有一些指引，仿佛从建设小家的使命更深刻地了解到大家园的意义。如果大家园千疮百孔，又何来小家的安宁？

2018 年，我读到了法国作家席里尔·狄翁所著的《人类的明天》一书。纵然我已经意识到了环保的严峻，书中的很多数字却依然触目惊心。来自 184 个国家的 15000 名科学家共同签署了《致人类警告信》，警告世人地球正处于前所未有的危机中，而这些危机正是人类自己对地球造成的伤害。这 25 年来，地球的人口增加了 20 亿，而我们共同生存在地球上的其他动植物的种类却急剧减少了 30%，地球的淡水量减少了四分之一以上，海洋垃圾已经堆起第七大陆，石油只够用 50 年，半数野生物种灭绝，有生之年人类也很可能走向灭亡！

席里尔·狄翁在书中说，如果我们不为地球行动，你的孩子未来将会在一个饮水、食物与石油耗竭的环境下受尽折磨，城市会被海水吞没，在本世纪结束之前，全人类可能一步步消失。

原来用那么长时间跨界做的另一个事业，其隐含的真正目的并不是完成一个小家，而是对家园的关注。

家园是每个生命体共同的家，每个人都会对生存的宜居度有深刻的体验。

所以，这绝不仅仅是遥远的、别人的事，无情的灾害、极端的气候、能源的缺乏、土地的沙化，许多看似遥远的地球变化离我们越来越近。来北京 20 年，我记忆里的北京，拥有舒适的夏季，白天温度再高，早晚却有凉爽的风。而现在的北京，夏日不是大雨就是高温，一大早醒来都无喘息之地。

你拥有了可爱的花园，可你却只能躲在空调房里，原来的沙尘天气变成了雾霾，无论多少净化器和植物放在家中，整日不能开窗，如同被囚禁的生灵。环境问题已经是我们不能再逃避的问题，解决这个问题的人是每一个家园的居民。

前些日第一个因为气候变化而灭绝的动物，叫**珊瑚裸尾鼠**。

海平面上升，栖息地出现极高水位和破坏性风暴潮频发，是导致珊瑚裸尾鼠灭绝的根本原因。

北极熊艰难地在水中捕食求生，融化的冰川使得它们在走向灭亡，气候变暖融化的碎冰也使得它们在走向灭亡。除了环境问题导致的自然变化，人为的猎杀也使许多物种灭绝，如果大自然的生物一一死去，人类还能孤独地长存吗？如果大自然真的发怒了，消灭人类也一样轻而易举。

想得远一些，我们能留给我们的孩子一个美丽的小家，可是他们将来赖以生存的一切我们却无能为力。几十年后，他们还能在大自然里看到真正的犀牛、大象和穿山甲吗？

如果这些都无法实现，拥有一个小家又有何意义？我愿把自己放在美丽的自然中，但享受自然给予的同时，我们更应该学会与自然共处，这是人类共同的也是唯一的家园。

一个蒙古族的女朋友说，由于土地过度开发，牧民不再放牧，他们也失去了千百年来传承的家园。人类不断从大地母亲身上索取，留下了累累伤痕，也许是时候该一起团结起来，做些努力了。

六年前和我一起做设计的罗马尼亚设计师，现在已经投身到人类智能环保建筑的事业中。我的师妹提倡健康素食，如同《人类的明天》中说到的饮食问题，也许还有很多人无法做到素食，但少吃肉也是环保。我们要吃健康的食物，每周减少过量的肉食，提倡更合理生态的养殖。让蔬菜和肉类的品质都大大提升。

我把我的汽油车换成了电能车。妈妈在看星星的阳台上也搭出了一个小菜园，更多的家庭小农场会减少大面积灌溉，保护我们的土地资源。

2016 年，中国颁布了全面停止商业性加工销售象牙及制品的通知。（据数据显示，中国在三年时间内，因为象牙需求共造成了十万只非洲大象被猎杀。）

还有许许多多爱这个家园的人正在行动着，改变也许不会速效，但如果大家一起执着地努力，一定能带来巨变！

我爱我创造的自然小家，但现在的我更愿意为这个大家庭、为人类的明天尽我的努力。

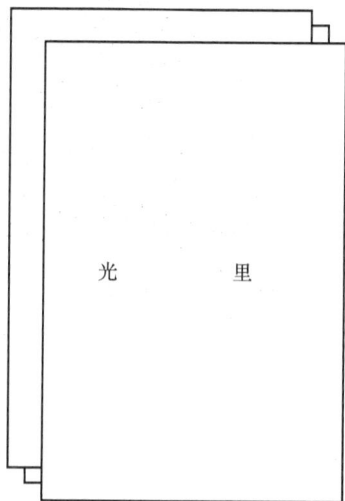

在　　　时　　　光　　　里　　　*流　　浪*

后记

蒋勋老师说，孤独是和自己在一起。

我从小和自己在一起的时间特别多，大部分和更多人交流的契机实则是自己一个人扮演着不同的角色。一个人说话，一个人玩耍。时空性格流转着，我还在那个小小的公寓间里，享受着江南温柔而持久的雨丝和一个人的别致独处。

所以每个人的性格形成必然是和环境有关联的，也和时代相连。

有一天去美甲店，泰国的美甲师问我，你的妈妈只有你一个孩子？我说是，那时候的中国都是。

她的眼睛瞪得不能再圆了。

但也因为是独生子女的一代，我们习惯了孤独，也愿意沉默。或许会有一点自私。美甲师一脸同情地安慰我："那也不错，因为你的妈妈只爱你一个！"

是的，爱也不用分享。

之后在群体中一路跌跌撞撞，你要学会分享你拥有的，也要弥补你失去的，有诸多不适应的，想躲起来像小时候习惯的一样。也会渴求保护和宠爱，像一直拥有的一样。

但有一天，你终要抛开曾经拥有的。

独处变成独立。

享受变成分享。

然后，你变成一个更完整的女孩。

想起小时候的某一个夏天，我收到董建成老师送给我的一本哲学启蒙书《苏菲的世界》，从孤独的小世界探寻到宏大的宇宙，我是谁？我从哪里来？我要到哪里去？

一时间，整个小身体被一本书震惊了一整个夏天。

关于我是谁、我要去哪儿，终究也忘了自己是怎么在那个夏末找到答案，又心安理得地背上书包开始了新的学期。

在那个父母忙到没有时间和你交流，也无法解答你的种种疑问的少年时光，只得自己一路向前，开始一个人的独行。

生命，终是一场自我的探寻。

终点也不过是你的体悟是否圆满，能否对生命心安理得。

一切你拥有的，你失去的，都随着生命的长河流逝。

细想自己之所以是今天的自己，其实挺有趣的。

"在这个世界上没有任何偶然的事情，每一件事情一定是有原因的，那个原因就是你做了什么。"一位老师如是说。

你好像能对一切更释然。

这是成长的包容和勇气，也是生命的妙趣。

那就对所有曾经的愚蠢，随性，盲目自我，贪婪，自负说声对不起。

对单纯、真性、善意、理智、睿智说声谢谢你陪伴我，让我长大。

我还是会保留一份和自己在一起的特立独行，其余的，都给天地和爱。

小江

2019 年 3 月 1 日

图书在版编目（CIP）数据

在时光里流浪 / 江一燕著 . — 长沙 : 湖南文艺出
版社 , 2019.5
　ISBN 978-7-5404-9116-1

　Ⅰ . ①在… Ⅱ . ①江… Ⅲ . ①随笔—作品集—中国—
当代 Ⅳ . ① I267.1

中国版本图书馆 CIP 数据核字（2019）第 048522 号

上架建议：畅销·文学

ZAI SHIGUANG LI LIULANG
在时光里流浪

著　　者：江一燕
出 版 人：曾赛丰
责任编辑：薛　健　刘诗哲
监　　制：蔡明菲　邢越超
策划编辑：李彩萍
特约编辑：姚长杰
营销支持：安　琪　傅婷婷　文刀刀
装帧设计：利　锐
封面摄影：孙中国
内文摄影：江一燕
江一燕人像摄影：董　亮　陈　佳　晏　飞　赵汉唐
　　　　　　　　　杨　林　董建成　高小运
图片制作：吴兴华
出版发行：湖南文艺出版社
　　　　　（长沙市雨花区东二环一段 508 号 邮编：410014）
网　　址：www.hnwy.net
印　　刷：雅迪云印（天津）科技有限公司
经　　销：新华书店
开　　本：880mm×1270mm　1/32
字　　数：148 千字
印　　张：10
版　　次：2019 年 5 月第 1 版
印　　次：2019 年 8 月第 2 次印刷
书　　号：ISBN 978-7-5404-9116-1
定　　价：52.00 元

若有质量问题，请致电质量监督电话：010-59096394
团购电话：010-59320018